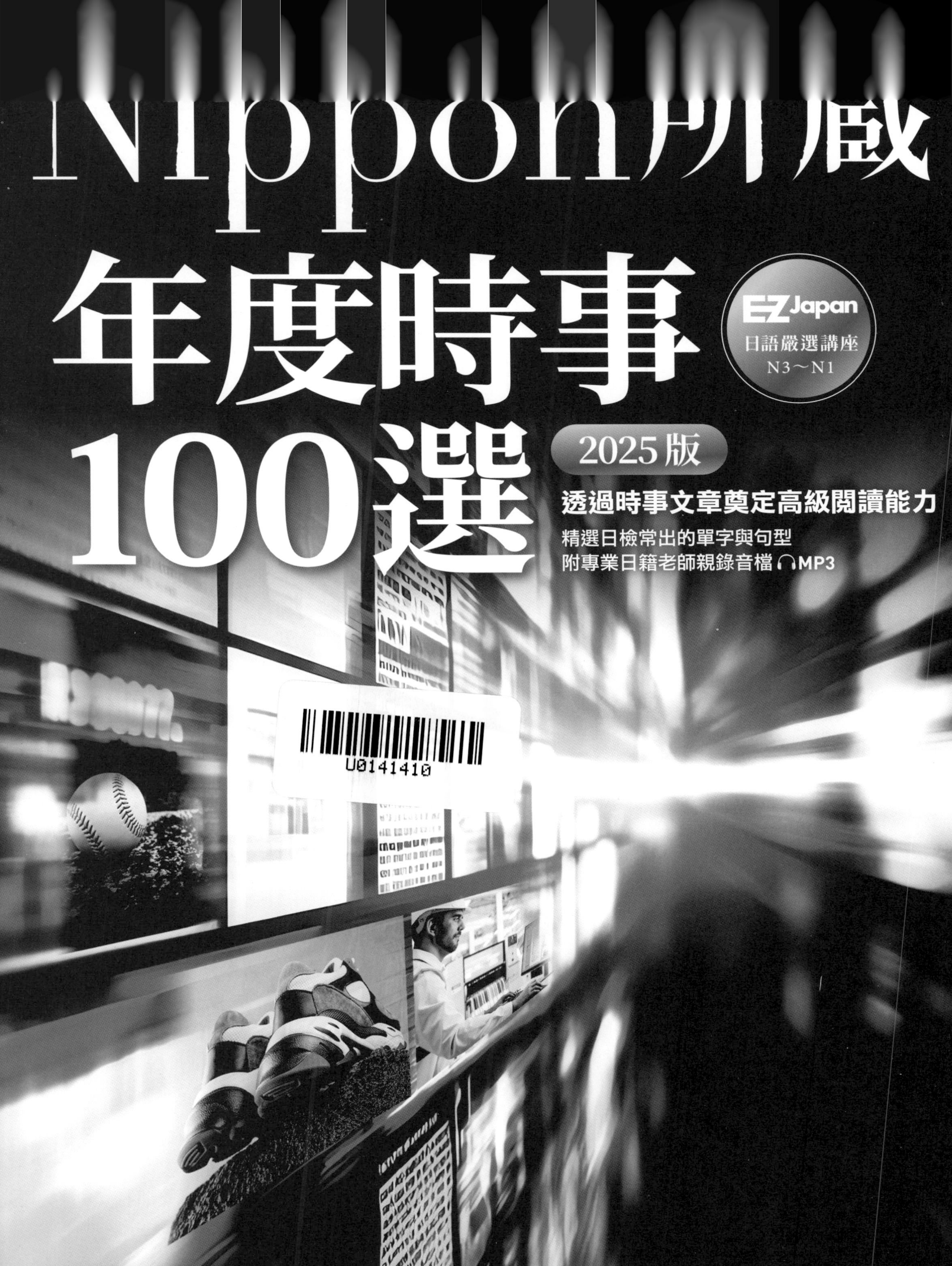
Nippon所藏
年度時事100選
EZ Japan
日語嚴選講座
N3～N1
2025版
透過時事文章奠定高級閱讀能力
精選日檢常出的單字與句型
附專業日籍老師親錄音檔 MP3
U0141410

# 目次



Nippon所藏

年度時事100選
2025版音檔QR Code

## Section 04 頭版頭條



## Section 05 熱議焦點



## Section 06 社會氛圍



## Section 07 政治熱議



## Section 08 經濟民生



## Section 09 科技新知

## Section 10　環境問題



## Section 11　年度漢字預測



## Section 12　年度流行語預測



## Section 13　教育課題



## Section 14　體育新聞



## Section 15　藝文空間



## Section 16　年度必看日劇推薦



## 《專家視角》

# 編輯室報告

撰文　**本期編輯　邱以瑞（Leo）**

まさに光陰矢の如し。いよいよ二〇二四年も終盤を迎えましたね。今年も読者の方々に支えられ、心から感謝しております。

筆者は日本好きですが、実のところ、好き嫌いがはっきりしている人間であるため、特にニュースや記事などの分野に関してはこれまであまり触れることはありませんでした。

しかし、本書を作成するにあたり、情報収集をすればするほど、以前より日本社会の流れへの理解が深まり、興味関心も湧いてきたのであります。例えば、「京アニ事件」、「詐欺手段に堕ちた新紙幣」、「KADOKAWAが襲われた攻撃」など、いずれも我々の生活に深く関わりがあるという考えから収録いたしました。こういった注目度の高い報道だけでなく、他の内容にもご興味を持っていただければ幸いです。

なお、所蔵シリーズのみならず、インスタグラム及びポッドキャストでは、日本や日本語に関する情報を定期的に更新しております。日本に関する理解が深まるきっかけになったり、読者の皆様との交流の場になれればと思っております。

最後に、本書を手に取り、ご購入していただき心よりお礼申し上げます。皆様のおかげで、筆者はこちらにいる存在意義を感じております。また来年の二〇二五年も引き続きよろしくお願いいたします。

真的是光陰似箭！終於來到了二〇二四年的尾聲。這一年，有著讀者們的支持，心中滿是感謝。

雖然筆者喜歡日本，卻是一個喜惡分明、「挑食」的人。特別是新聞、報導的領域，更是我至今不太接觸的東西。

然而，在製作本書的過程中，資料找著找著，比之前更了解了社會的動向，也產生了濃厚的興趣。像是「京阿尼事件」、「變成詐欺手法的新紙鈔」、「角川遭受的攻擊」，不管哪個，筆者都覺得與我們的生活息息相關，所以將其收錄。除了這些關注度高的報導以外，倘若讀者能對其他的內容也有興趣的話，那是再好不過了。

另外，不只所藏系列，我們也有在ＩＧ和Podcast當中定期紀錄與日本、日文相關的資訊。期望能帶給大家在認識日本上的幫助，或者促成與讀者間的相互切磋。

最後，感謝您購買此書。大家讓筆者感受到存在於此的意義。明年二〇二五年也還請多多指教！

Popularity

# 流行

## 甲子園百年 開放夜間參觀

日本棒球聖地「阪神甲子園球場」，二〇二四年迎接一百週年！一月四日起連五天，開放夜間參觀。球迷不分年紀，興奮來到球員休息區擺出帥氣坐姿拍照，球場照明也特別配合甲子園百年紀念曲來場彩色燈光秀，讓人看得目不轉睛。

位於兵庫縣的甲子園是日本職棒阪神虎隊的主場，每年全日本高中棒球錦標賽也在這舉辦，熱血少年們在球場上揮灑青春的汗與淚，百年來甲子園見證了無數精采賽事，也承載了好幾代人的夢想。

## 寶可夢睡眠手遊 日玩家睡最少

皮卡丘唱晚安曲哄你入眠！鼓勵玩家「多睡覺」達成遊戲目標的寶可夢睡眠遊戲，統計全球七國玩家的睡眠時間，發現初期玩家中日本人睡得最少，以平均每日睡眠時間五小時五十二分鐘吊車尾，比全球平均的六小時三十四分少了逾半小時。

然而持續玩一個月後，日本玩家的平均睡眠增加約半小時，持續三個月以上更增加約一小時十分鐘，來到七小時三分鐘！這結果讓監修遊戲的睡眠學權威柳澤正史教授，也大吃一驚。

news 3

## 白色退位 神祕感黑色婚紗當道

近一兩年日本吹起黑色婚紗風！相較於白色的純潔感，黑色帶有神祕魅力感，同時讓新娘看起來更苗條，與眾不同與視覺加分，讓愈來愈多新娘選擇婚禮當天以黑色婚紗亮相，也得到父母親友的贊同。

然而也有反對的聲音，有人認為黑色代表葬禮，寓意不祥；也有人表示，不希望自己的女兒穿黑色婚紗出嫁。日本婚禮顧問業者表示，黑色婚紗風潮一方面是受到韓國影響，一方面是疫情後愈來愈多新人選擇更具個人風格的婚禮。

## 「香菇山」變耳機 推出十分鐘售光

日本國民零嘴「香菇山巧克力」熱銷近半世紀，今年大玩創意推出零嘴造型的無線耳機！三月廿六日中午十二點一開放網路下單，限量三千五百副不到十分鐘全數搶光！

香菇山巧克力每個長約三公分，外型正如一朵小香菇，零食業者去年在社群網路分享香菇山耳機的「奇想」，意外獲得網友熱烈迴響，留言希望正式商品化。經過七個月的開發，除了耳機功能外，還能自動翻譯全世界一百四十四種語言，可說是外型與功能兼具。

## 挺員工追夢 摩斯漢堡跨足音樂界

日本摩斯漢堡宣布成立「摩斯唱片」，進軍音樂界！全國選秀活動從四月起接受報名，摩斯唱片特別找來知名音樂製作人海老原俊之合作，最終將協助優勝者出道，音樂作品還預計在國際各大音樂串流平台上架。不過報名資格有限制，無論全職或兼職，必須是摩斯漢堡的員工！

摩斯漢堡如此大動作，背後原因是人力短缺，招募太不易。注意到不少音樂人成名前以打工維生，摩斯漢堡藉支持員工的音樂夢吸引人才加入。

## 登紅白 來台巡演 怪怪高校風舞團竄紅

「我們的原創舞蹈蘊含著日本魂！」日本舞蹈團體AVANTGARDEY去年初次登上美國達人秀時，如此自信地對評審表示。這支來自大阪的十七人女子舞蹈團體，每每以招牌高中制服、妹妹頭及顯眼紅唇亮相。舞蹈動作整齊劃一，配上嚴肅又誇張的表情，怪異風格超級吸睛，迅速在海內外竄紅。今年她們不但登上NHK紅白歌唱大賽，還在日本國內巡迴演出，六月底更選擇台灣作為亞洲巡演的第一站！

## 世博燒錢？大阪砍五十二億經費

二〇二五年世界博覽會將在大阪登場，但大阪民眾對負債的憂慮遠高於期待！二〇二三年底，大阪府與大阪市列出預計負擔金額約一千三百七十八億日圓（約台幣三百一十一億元），不過今年二月宣布，預計負擔經費減少五十二億日圓，來到約一千三百廿五億日圓（約台幣兩百九十八億元）。大阪府與市如何節流？包括分由大阪地鐵營運公司負擔約七億日圓經費，以及修改相關活動補助計畫，但不排除明年預算再度增減的可能。

## 法國遊戲公司收購社群平台「BeReal」

法國遊戲公司 Voodoo 六月宣布收購曾在歐美大學校園蔚為話題的社群平台「BeReal」。主打真實自然的「BeReal」，每天會在不特定時間發出通知。提醒使用者於兩分鐘內拍照上傳。其中，只能以手機前後鏡頭拍攝，無法套上任何濾鏡。「BeReal」在二〇二二年上半年打敗 TikTok 等，躍居 Ios 免費下載排行榜第一名，用戶高達四千萬。不過，如此廣受日本Z 世代歡迎的社群平台卻在二〇二四年三月傳出財務危機，六月以五億歐元的價格賣給 Voodoo。

## 洗腦貓咪迷因掀熱潮

由誇張表情、生動旁白、洗腦配樂組成的「貓咪迷因」，自二〇二三年底起，在 TikTok、YouTube、X（前 Twitter）等社群、影音平台掀起熱潮。這些透過貓咪的喜怒哀樂，重現人類日常生活的短片，總是讓人看了忍不住會心一笑。連帶讓迷因影片使用的配樂—智利兒歌「Dubidubidu」也成為超洗腦神曲，今年（二〇二四年）二月還登上日本 Spotify 熱播排行榜第一名。在言論緊張的網路世界中，難得能有超可愛的貓咪迷因，療癒現代人疲憊的身心。

## 用辣妹語道歉行不行？

「TU（超有名）」、「HY（猥褻）」等都是曾經紅極一時的「辣妹語」。源自九〇年代東京澀谷的辣妹文化。雖然是「辣妹文化」，實際上指的是時下年輕男女所使用的流行語。二〇二四年的現在，這些詞彙依舊持續推陳出新！ 甚至連星達拓（前傑尼斯）偶像—菊池拓磨也在自己主演的連續劇《稅調～繳不了稅是有原因》中，以「それガーチャー？ほんまゴメンやで（真的假的？ 抱歉ㄋㄟ！）」，搭配雙手合掌與笑著道歉的表情，說不定真能緩和緊繃的氣氛。

Entertainment

# 娛樂

news 1

## 憑《蒼鷺與少年》宮崎駿再奪奧斯卡

日本動畫大師宮崎駿最新作品《蒼鷺與少年》，橫掃國際大獎！ 先後在金球獎與英國影藝學院電影獎奪獎，三月再摘奧斯卡最佳動畫片獎，風光無限。這也是八十三歲的宮崎駿繼二〇〇三年《神隱少女》後，再度抱走小金人。

外國動畫攻下美國市場可不容易，《蒼鷺與少年》費時七年製作，可視為宮崎駿的半自傳式作品，上映前夕打破往例只公布一張海報、低調不宣傳，卻仍在全球創下近百億台幣票房佳績，可見大師魅力。

## 曾推《新世紀福音戰士》動畫公司宣告破產

老牌動畫製作公司GAINAX 曾推出《新世紀福音戰士》等超人氣作品，然而因營運狀況混亂與欠下鉅額債務等，五月向東京地方法院聲請破產，結束了四十年歷史。

GAINAX 的營運從二〇一二年左右開始走下坡，除了大量動畫人才出走，還因為投資餐飲與CG 動畫公司失利，二〇一九年更傳出時任代表董事向未成年人伸狼爪遭逮醜聞，管理高層問題重重，公司可說喪失了營運能力，最終只能黯淡宣告破產。

## 連載逾四十年 足球漫畫停刊轉上傳分鏡稿

被譽為足球漫畫巔峰的《足球小將翼》，作者高橋陽一於四月宣布結束雜誌連載，但漫畫迷也不用失望，後續劇情以鉛筆繪製的分鏡稿形式於官方網站持續更新，免費提供閱讀。

《足球小將翼》於一九八一年開始連載，系列作品在全球發行量累計九千萬本以上，多位當代足球名星如阿根廷的梅西，都曾公開表示受到影響！ 六十三歲的高橋老師表示，自己仍熱愛繪圖與創作，分鏡稿省去上色等程序，有利加快更新速度！

## YOASOBI 美國開唱 門票半小時售罄

日本超人氣音樂組合YOASOBI前進美國開單獨演唱會，門票僅三十分鐘一搶而空！YOASOBI 站上國際舞台，除了多次受邀在美國大型音樂祭演出外，四月中下旬分別在洛杉磯與舊金山舉行演唱會，門票半小時賣光光。八月他們再抵達美國東岸，選擇在紐約與波士頓開唱，同樣吸引大批粉絲，台下座無虛席！其他國家的歌迷也在YOASOBI 的官方社群平台留言，許願他們也來自己的國家開演唱會！

## 日洗腦神曲爆紅 摘上半年百大單曲冠軍

搭上動畫熱潮，日本雙人團體Creepy Nuts 推出的洗腦神曲〈Bling-Bang-Bang-Born〉爆紅，在日本二〇二四上半年告示牌排行榜中十七度高居榜首，穩坐上半年百大單曲冠軍寶座！

這支單曲發行三個月內，穩佔日本各大音樂串流平台榜首，累計播放超過三億次，加上社群媒體上掀起的舞蹈挑戰熱潮，單曲發行五個月，熱門短影音平台上觀看次數突破六十八億次，全球風潮持續延燒！

## 國民天團一嵐，二十五周年新起點

二〇二〇年暫停團體活動的人氣偶像團體一嵐，二〇二四年四月，宣布成立「株式會社嵐」。五位成員共同聲明會直接並積極參與公司營運，採取更具自主性的行動，拉近與大家的距離。九月十五日成團日更宣布了一系列的全新計畫。像是開設二十五周年紀念官網，發售十二場經典演唱會的藍光DVD。所有MV作品也會同時上傳官方YouTube 頻道，並推出以單曲為名的歌唱繪本等。希望與粉絲一起慶祝別具意義的二十五周年。

news 6

## 《排球少年》有望打破《灌籃高手》票房紀錄

超人氣排球漫畫於二〇二二年八月宣布製作全新劇場版《排球少年！！FINAL》二部曲。今年（二〇二四年）二月於日本正式上映的首部曲《劇場版排球少年！！ 垃圾場的決戰》，雖曾因音效人員對聲音的堅持，差點趕不上最後驗收期限。但皇天不負苦心人，票房一路勢如破竹。不到半個月累計破五十億日幣，直逼前一年的《灌籃高手THE FIRST SLAM DUNK》。八月時，除日本外，若加上台港、美加、中國等票房，更是創下兩百億的佳績。

## 白色霸凌

日劇《9 Border》的女主角川口春奈是一位在職場上深受賞賜，凡事親力親為的二十九歲女性。自以為體貼，把工作攬在身上，卻換來下屬的「妳都不教我，這是一種白色霸凌」。

「白色霸凌」指的是上司過於顧慮下屬的心情，在雙方溝通不足的情況下，剝奪了下屬們的成長機會，並造成其莫大壓力的行為。因此，上司進行溝通時，必須確實掌握下屬個性，並讓下屬能發揮所長。下屬也要清楚表達自己的意見，請上司給予適當的指導。

## 《名偵探柯南》票房再創佳績

經典推理漫畫《名偵探柯南》第二十七部劇場版《名偵探柯南：100 萬美元的五稜星》，講述為了劍道大會來到北海道函館的平次與柯南，他們將聯手解開藏於怪盜基德覬覦的日本刀中的種種謎團。二〇二四年四月十二日於日本上映後，觀影人數在短短五十二天便突破一千零六萬人，票房累計高達一百四十四億日圓。不僅是柯南劇場版系列作品中，第一部觀影人數破千萬的作品，更刷新了前作《名偵探柯南：黑鐵的魚影》創下的一百三十八億票房紀錄！

## 《NHK 紅白歌合戰》收視創新低

日本跨年必看的國民節目《NHK 紅白歌合戰》，雖然邀請到 YOASOBI 演唱動畫《我推的孩子》主題曲，並在多組日韓偶像的一同演出下，將氣氛炒到最高潮。但收視率上仍跌到史上最低紀錄。部分人認為是因為少了每年固定登場的傑尼斯藝人。他們因性醜聞而被取消登台。也有人認為是收視習慣的改變與收視管道的多元化，早已不需要死守在電視機前準時收看。因此，針對不盡理想的紅白收視率，NHK 會長在例行記者上表示「收視率只是一個指標，並不代表所有的評價」。

# 年度風雲人物

## パーソン・オブ・ザ・イヤー

回首日本的一年，不論是政經、藝能、競技，都是多虧有「人」在背後揮灑才華與汗水，才能成就國家整年度的興盛。
這些風靡世界的人物背後，又有什麼樣的背景故事呢？

001

# 綾瀨遙

# 綾瀬はるか

綾瀬はるかは、日本のタレントパワーランキング二〇二四年の女優部門で、四年連続の首位になった。通算十回目の首位で、長期にわたって人気の高さを見せている。ドラマ『元彼の遺言状』で主演した二〇二二年に対して、二〇二三年は連ドラ出演がなかったが、一月公開の映画『レジェンド&バタフライ』では、木村拓哉との共演で織田信長と正室・濃姫の恋愛物語を**演じた**。八月公開のアクション映画『リボルバー・リリー』では凄腕の女性諜報員を演じた。同映画二作の**興行収入**は、十日間でそれぞれ十二億円、四億五千万円を突破した。パンブランドのイメージキャラクターにも起用され、定期的に新CMが放映されて常に注目を集めた。

二〇二四年日本女星影響力排行榜出爐，好感度第一的綾瀨遙連續四年蟬聯第一，這已經是她第十度奪冠，人氣長期居高不下！綾瀨遙雖然從二〇二二年主演日劇《前男友的遺書》後暫別小螢幕，但二〇二三年一月推出電影《傳奇與蝴蝶》，與木村拓哉搭檔演出戰國武將織田信長與妻子濃姬的愛情故事，八月再推出動作片《左輪百合》，挑戰演出大正時代超強女特務。兩部電影分別在上映十天內，累積破十二億與四點五億日圓票房。綾瀨遙也獲邀擔任麵包品牌代言人，定期推出的新廣告也讓女神維持高曝光度！

**單字 CHECK!**

**ランキング** 名
排行、排名

**演じる** 動
飾演、扮演

**興行収入** 名
票房

# 石川祐希

# 石川祐希（いしかわゆうき）

二〇二四年のパリ五輪で、「東アジア最高のバレーボール選手」と呼ばれる石川祐希が主将を務めた男子日本代表は、準々決勝でイタリアと対戦した。二セットを先取し、第三セットでマッチポイントを握るも逆転でセットを落とし、第四、第五セットも奪われて逆転負けを**喫**した。

前回の東京五輪と同じベスト八止まりとなり、石川はコート上で涙を拭った。その後、石川は中居正広の番組に出演し、イタリア戦について、勝ち急いでしまったと語り、「その経験をどう**生かす**か。あと一点の状況でも、心の底から楽しめるようなメンタルを身に付けることが大事」と強調した。そして、「（二〇二八年の）ロサンゼルス五輪はメダルを**目指して**戦いたい」と決意を示した。

二〇二四巴黎奧運，日本男子排球隊由被譽為「東亞最強排球傳奇」的石川祐希領軍，在八強賽遇上義大利。日本隊率先拿下前兩局，不料在第三局賽末點遭義大利逆轉，之後義大利更接連拿下第四與第五局贏得比賽。

日本男排未能突破東京奧運成績，再度止步八強，隊長石川祐希忍不住淚灑球場。不過賽後石川在中居正廣的節目上表示，這次在奧運賽場上太急於求勝，如何透過這經驗，培養即使兩隊只差一分也能好好享受比賽過程的心態，非常重要。石川表示想再戰二〇二八洛杉磯奧運，為日本男排抱回獎牌。

### 單字 CHECK!

**喫する**（きっする） 動
吃、喝、遭受

**生かす**（いかす） 動
活用、發揮

**目指す**（めざす） 動
以～為目標

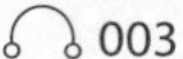

003

# 岩崎明子

いわさきあきこ
# 岩崎明子

コロナ禍の収束後も、日系アメリカ人の岩崎明子・米エール大学教授（免疫学）は新型コロナの研究を続けている。新型コロナの後遺症に関する研究チームを**率い**、後遺症のある患者では血液中の免疫細胞が増加する、体内で潜伏していたヘルペスウイルスが活性化する、体の状態を一定に**保って**ストレス反応に関わる「コルチゾール」の濃度が低下することなどを発見した。中でもコルチゾールの低下は倦怠感や記憶力、認知機能の低下の**要因**とされ、後遺症の治療法の開発につながる見込みだ。岩崎教授は新型コロナが大流行していた頃からの研究と功績が認められ、二〇二四年にタイム誌の「世界で最も影響力のある百人」に選出された。

後疫情時代生活逐漸恢復常態，不過日裔美籍的耶魯大學免疫學教授岩崎明子，仍致力於研究新冠病毒的種種謎團。岩崎教授帶領團隊投入長新冠研究，從患者的血液中發現明顯變化，包括免疫細胞數量增加、體內潛伏的皰疹病毒被活化與幫助身體調控壓力的「皮質醇」濃度下降。其中，皮質醇不足會引發倦怠感，還可能導致認知能力與記憶力減退，這些發現都將是治療長新冠的關鍵。岩崎教授從新冠大流行期間便以其專業引領研究，她也憑傑出貢獻入選美國《時代》雜誌二〇二四年百大影響力人物！

**單字 CHECK!**

ひき
**率いる** 動
率領、帶領

たも
**保つ** 動
維持、保持

よういん
**要因** 名
主要原因、主要因素

004

# 上野千鶴子

## 上野千鶴子（うえのちづこ）

中国ではここ数年、「上野ブーム」が起きている。日本の著名なフェミニストである上野千鶴子・東京大学名誉教授の著書二十冊余りが中国語に翻訳され、中国でこれまでに数十万部が売れた。上野教授が訴える女性の意識改革が中国で大きな共感を呼び、講演会にはつねに、高学歴の若い女性が数多く参加している。このことは、男尊女卑の考え方が根強い中国社会に対して、女性が無力感を覚えていることの反映であるとも言える。

上野教授は、米誌タイムの二〇二四年の「世界で最も影響力のある百人」に選出された。選出の理由として、フェミニズムの思想を中国社会に伝え、政治的な抑圧が強まる中で貴重なロールモデルになっていると評価された。

中國大陸近年吹起「上野風」！日本知名女性主義學者兼東京大學名譽教授上野千鶴子，廿十多本著作經翻譯在中國大陸熱銷累積數十萬本。上野教授鼓吹女性意識覺醒，在中國引發強大共鳴，每場演講都吸引了大批高學歷的年輕女性聽眾。這也透露了社會結構中，以男性為尊的思想仍根深蒂固，女性對此感受到的無能為力。

美國《時代》雜誌評選的二〇二四年世界百大影響力人物，上野千鶴子也榜上有名，入選理由正是因她將女性主義思想帶入中國社會主流，在政治控管日益加劇之際成為難得的曙光。

**單字 CHECK!**

**ブーム** 名
風潮、流行

**訴える**（うったえる） 動
起訴、訴諸

**根強い**（ねづよい） 形
根深蒂固、堅忍不拔

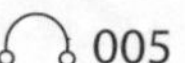
005

# 大谷翔平

## おおたにしょうへい
## 大谷翔平

米メジャーリーグ・ドジャースで**活躍する**日本人スター、大谷翔平選手は二〇二四年も驚くべき記録を達成しており、再び最優秀選手（MVP）に選出される可能性がある。米国時間九月十九日、マイアミ・マーリンズとの試合で、メジャーリーグ史上初の五十本塁打・五十盗塁を達成した。さらに記録を伸ばしており、ファンや記者らは興奮しきりだ。

大谷選手はナショナルリーグMVPの筆頭候補だ。米国のスポーツメディアは、ニューヨーク・メッツの遊撃手、リンドーア選手が、その類まれな守備力で大谷選手とMVPを**争う**と報じたが、リンドーア選手はケガで九月から試合を離脱しているため、大谷選手が再び**受賞する**可能性が高い。

美國職棒大聯盟道奇隊日籍巨星大谷翔平，持續在球場上締造驚人紀錄，今年有望再奪最有價值球員（MVP）！美國當地時間九月十九日，道奇隊迎戰邁阿密馬林魚的比賽中，大谷翔平達成單季五十轟五十盜壯舉，成為大聯盟史上第一人！大谷超人般神技，且紀錄數字還在增加*，球迷與記者全都為之瘋狂。

國聯MVP，大谷應是手到擒來，雖然一度有美國體育媒體點名紐約大都會當家游擊手林多，有望憑出色的守備能力與大谷一爭MVP獎盃，可惜林多九月起因傷無法出賽，大谷有望再刷新個人紀錄。

*賽季結束成績：五十四轟五十九盜

### 單字CHECK！

かつやく
**活躍する** 動
活躍、大顯身手

あらそ
**争う** 動
競爭、爭奪

じゅしょう
**受賞する** 動
獲獎、得獎

# 坂本龍一

さかもとりゅういち
# 坂本龍一

音楽のストリーミング配信サービスが流行する中、従来のディスクは販売量を落としている。しかし、実物のディスクをコレクションに加えたいという人はいるものだ。今年（二〇二四年）八月、中古市場で価格が**高騰して**いたある名盤が復刻リリースされた。一九七七年に発売されたアルバム「ピラニア軍団」だ。著名作曲家の坂本龍一氏が編曲を**手掛けた**。

坂本氏は今は故人だが、その卓越した音楽性は時代が変わっても色褪せず、忘れ去られることはない。一九七〇年代の音楽を**蘇らせた**このディスク、Z世代の若者の興味もひくだろう。

串流音樂平台盛行，影響傳統版本光碟的銷量。不過，有人卻反其道而行，對收藏實體唱片有一份執著。今年（二〇二四年）八月，有一張在二手市場炒到天價的夢幻逸品重新發行。這張一九七七年發行，名為《食人魚軍團》的專輯，是由知名作曲家—坂本龍一負責編曲。

儘管坂本龍一已辭世，然而他卓越且不褪流行的音樂素養，讓人無法忘懷。這張重現七〇年代音樂風格的光碟，想必也能引起Z世代年輕人的關注！

### 單字 CHECK！

こうとう
**高騰する** 動
高漲、上漲

てが
**手掛ける** 動
（親自）照料、處理

よみがえ
**蘇る** 動
復活、復甦、甦醒

# 鳥山明

とりやまあきら
# 鳥山明

二〇二四年三月一日、著名漫画家の鳥山明氏が急性硬膜下血腫で死去した。六十八歳だった。集英社が三月八日発表した。各界から追悼の声が相次いだ。

世界的に有名な鳥山明氏は「DRAGON BALL」や「Dr.スランプ」などの人気作品を次々に生み出した。ゲーム『ドラゴンクエスト』や『クロノ・トリガー』のキャラクターデザインも手掛けた。アジアや欧米のメディアも氏の訃報を真っ先に報じた。孫悟空役を演じた声優の野沢雅子さんは、「頭の中が空っぽです」「先生、空から私たちを見守っていてください」とのコメントを発表した。フランスのマクロン大統領やブラジルのアルキミン副大統領など各国の主要政治家も、自身のSNSで哀悼と感謝の意を表した。

二〇二四年三月一日，知名漫畫家鳥山明因急性硬腦膜下血腫過世，享壽六十八歲。日本集英社於三月八日公布此一不幸消息後，各界紛紛表示哀悼。

舉世聞名的鳥山明，創作了《七龍珠》、《怪博士與機器娃娃》等多部膾炙人口的經典作品，也曾擔任電玩遊戲《勇者鬥惡龍》、《超時空之鑰》等角色設定。過世消息傳出，亞洲、歐美媒體都在第一時間報導。負責悟空配音的野澤雅子在聲明中表示「腦中一片空白」，也請「老師在天上守護著大家」。法國總統馬克宏、巴西副總統阿爾克明等國際政要，也透過自身社群媒體表達對鳥山明的追思與感謝。

### 單字 CHECK!

つぎつぎ
**次々に** 副
接連不斷

ま さき
**真っ先に** 副
首先、最先

みまも
**見守る** 動
注視、照料

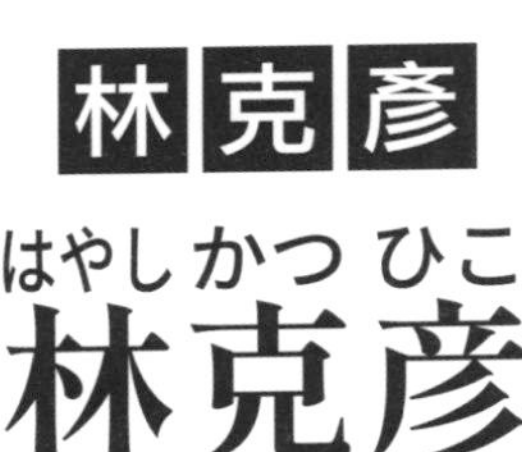


二〇二三年三月、大阪大学の林克彦教授が率いる研究チームは、ノーベル賞を受賞したiPS細胞技術を活用し、雄のマウスのiPS細胞を介して卵子をつくることに成功した。卵子を別の雄の精子と受精させ、受精卵を代理母となる雌の子宮に移植すると、七匹のマウスが誕生した。哺乳類の雄の細胞から卵子をつくることができたのは世界初。医学などへの応用が期待されるが、マウスと人では卵子ができる仕組みは大きく異なっており、すぐに人に応用できるものではない。林教授はこの成果が「絶滅の危機に瀕している種を救うのに役立つ偉業」であると評価され、英科学誌ネイチャーが発表した二〇二三年の「科学に貢献した十人」に選出された。

二〇二三年三月，大阪大學林克彥教授的研究團隊，藉由曾獲得諾貝爾獎的「iPS細胞」，以公鼠iPS細胞成功製成卵子。而後將卵子與其他公鼠的精子受精，並將這些受精卵植入代孕的母鼠子宮內，成功使其生下了七隻鼠寶寶。本項研究結果，成為由雄性哺乳類細胞製造出卵子的全球首例。雖然盼能將此一技術運用到醫學等領域，但考量到人類與實驗鼠卵子生成過程截然不同，恐無法立即運用至人類身上。不過，此一成果也被視為「有助於拯救面臨滅絕危機物種」的偉大成就，入選英國科學期刊《自然（Nature）》的十大人物。

**單字 CHECK！**

**活用する**（かつよう）動
有效利用

**仕組み**（しくみ）名
結構、構成

**絶滅**（ぜつめつ）名
滅絕

009

藤井聰太

ふじいそうた
# 藤井聡太

これまでに数多くの記録を**塗り替え**てきた日本の「天才」将棋棋士、藤井聡太氏は、若くして竜王・名人・王位・王座・棋王・王将などの七冠タイトルを**保持している**。二〇二四年七月、藤井七冠は二十一歳で棋聖戦を五連覇し、永世称号である「永世棋聖」の資格を獲得して、最年少記録を更新した。同年八月末には王位戦を五連覇し、二つ目の永世称号となる「永世王位」の資格を獲得した。永世王位を**獲得した**のは、大山康晴氏、中原誠氏、羽生善治氏に続く四人目だ。七月半ばに二十二歳を迎えた藤井七冠は、一九九五年に二十四歳で二つの永世称号を獲得した羽生氏の記録を大きく塗り替える、歴代最年少での「永世二冠」を達成した。

曾打破多項紀錄的「日本天才」將棋棋士—藤井聰太，年紀輕輕就已擁有龍王、名人、王位、王座、棋王、王將等共七冠的頭銜。二〇二四年七月，二十一歲的藤井聰太達成棋聖戰五連霸紀錄，獲得「永世棋聖」的頭銜，刷新了最年輕紀錄。八月底又以五連霸的佳績，獲得第二個永世稱號—「永世王位」。這是繼大山康晴、中原誠、羽生善治後，史上第四位獲得此一頭銜的棋士。七月中剛滿二十二歲便一舉奪下「永世二冠」的藤井聰太，更打破一九九五年二十四歲的羽生善治創下之最年輕紀錄，再次改寫日本棋壇歷史。

### 單字 CHECK!

**塗り替える**（ぬりかえる） 動
刷新

**保持する**（ほじする） 動
保持

**獲得する**（かくとくする） 動
獲得

010

# 宮崎駿

みやざきはやお
## 宮崎駿

『君たちはどう生きるか』は日本のアニメ界の巨匠、宮崎駿監督が**引退**を宣言後、数年ぶりに手掛けたオリジナル作品。戦争で母を亡くした少年の冒険ファンタジーだ。英国アカデミー賞を受賞し、米アカデミー賞の前哨戦とされるゴールデン・グローブ賞では、ディズニーなどの**ライバル**を破り、日本の作品として初めてアニメ映画賞を受賞した。鈴木敏夫プロデューサーは「歴史あるゴールデン・グローブ賞をいただいて、**格別な**気持ちです」と述べ、能登半島地震などで大変な思いをしている人たちに「少しでも笑顔を届けることができるでしょうか」とコメントした。また、宮崎監督は『君たちはどう生きるか』で『千と千尋の神隠し』以来、二度目のオスカーを獲得した。

吉卜力動畫《蒼鷺與少年》，是日本動畫大師—宮崎駿撤回退休宣言後，睽違多年的原創作品，故事旨在描述戰爭中失去母親之少年的奇幻經歷。這部作品獲得英國電影學院獎，更在有著「美國奧斯卡獎前哨戰」之稱的「金球獎」之中，打敗迪士尼等強敵，成為首部獲得金球獎最佳動畫片的日本作品。製作人鈴木敏夫在得獎感言裡提到「首次獲得歷史悠久的金球獎，心情很特別」，也希望能藉此讓因能登地震等飽受煎熬的日本民眾「帶來一點笑容」。繼《神隱少女》後，宮崎駿再次於奧斯卡獲得青睞。

### 單字 CHECK!

いんたい
**引退** 名
退出～界／圈

**ライバル** 名
敵人、勁敵

かくべつ
**格別** 形
格外的、特別的

011

# 三十六人犠牲の京アニ放火殺人事件、一審の死刑判決に被告は控訴

## 京阿尼縱火案奪三十六命 被告不服判死提上訴

「三十六人の命を奪った責任は重い。極刑に処すべきだ」

三十六人の命が奪われ、日本社会を震撼させた二〇一九年の京都アニメーション（京アニ）放火殺人事件で、二〇二四年一月、被告に一審判決が下った。京都地裁は、青葉真司被告は事件当時、心神喪失の状態にも心神耗弱の状態にもなく、善悪を判断する責任能力があったと認め、死刑を言い渡した。裁判長は判決の言い渡しで主文からではなく、判決の理由を先に読み上げた。遺族らは涙を流した。被告は終始うつむいたままで、退廷時も無表情だった。

一九年七月十八日午前十時半ごろ、京都市伏見区の京アニ第一スタジオ。社員が忙しく働いていたところに、当時四十一歳の青葉被告が大量のガソリンを持って侵入し、「死ね」と叫びながら社員や周囲にガソリンをまき火をつけた。室内は原稿用紙が多く、大半が木造建築だったため、火は一気に燃え広がって三階建ての建物を呑み込み、激しく立ち上る黒い煙に周辺住民は驚愕した。一階から発火したため、主な避難口は利用できず、三十六人が死亡、三十二人が重軽傷を負った。平成（一九八九年）以降の放火殺人事件としては最多の犠牲者数だ。被告は全身の九割以上に重い火傷を負い、同年十一月に初の事情聴取が行われ、二三年九月に初公判が開かれた。

京アニは細やかな作風で日本内外で知られ、代表作に『涼宮ハルヒの憂鬱』や『聲の形』、『響け！ユーフォニアム』などがある。アニメファンでなくても、京アニが制作を支援した『ポケットモンスター』、『あたしンち』、『ドラえもん』などは見たことがあるだろう。それほど京アニはアニメ界で重要な存在で、多くの人材を引き寄せていた。事件で三十人以上も殺害され、生き延びた社員も同僚の死にトラウマを抱えているかもしれない。あるファンは事件を「アニメ界のノートルダム大聖堂の火災」と形容した。アップルのクックCEOは哀悼の意を示した。米国のアニメ会社は犠牲者の家族を支援しようと募金活動を行った。

京アニに放火するため、さいたま市の

自宅から京都まで行った青葉被告。京アニに強い恨みがあったのか?これについては、被告が**妄想**と現実を区別できなかったことが関わっている。被告は京アニに投稿した小説が落選したが、片思いの女性監督が自らの作品を読み、小説のアイデアを他のアニメに盗用したと**思い込む**ようになった。また、「ナンバーツー」の意向で落選させられたとも考えるようになり、京アニに「警告する」ことを決意した。供述によると、被告は犯行三日前の七月十五日に京都に着き、前日に京アニのスタジオ周辺を調べていた。そして、ホームセンターでガソリンの携行缶や着火剤、台車などを購入した。ガソリンは当日の朝に購入した。犯行前は十三分ほど悩んだという。

　青葉被告の犯行当時の精神状態が最大の争点となった。裁判官と裁判員は、被告には妄想性障害があったが、犯行前に悩んでいたという記録から、犯行当時は妄想の影響はなく、善悪を区別する完全責任能力があったため、無罪または減刑には当たらないと判断した。一審の結果に、被害者遺族らの思いは複雑だった。京アニの社長などは、しかるべき判断だと謝意を表明したが、被告に反省の色がなかったことを疑問視する声も出た。被告は二月七日、大阪高裁に控訴した。

　専門家からは、同様の悲劇を防ぐ方法についてさまざまな意見が出た。犯罪学教授の小宮信夫氏は、日本では犯罪の動機に注目する「犯罪原因論」が支配的だが、同様の事件を防ぐには、「犯罪機会論」の立場から犯行場所に注目するべきだと**指摘する**。建物や公園、公衆トイレなどは外から見えにくい場所のない設計とし、パトロールも強化して、犯罪者に犯罪の機会を与えないことが重要だという。

## 單字 CHECK!

**言い渡す** 動
宣告、宣判

**驚愕する** 動
錯愕

**トラウマ** 名
心理陰影、心靈創傷

**妄想** 名
胡思亂想、幻想

**思い込む** 動
深信、以為

**指摘する** 動
指出

## 句型 CHECK!

べきだ
強調義務、應盡責任的應該

例句

**初対面の人に敬語を使うべきです。**
對於初次見面的人應該使用敬語。

**学生は勉強すべきです。**
學生就應該讀書。

「奪去三十六條生命罪責重大，應處以極刑。」

二〇一九年震驚日本社會的京都動畫（又稱「京阿尼」）縱火案，造成三十六人喪命，調查耗時多年，終於在二〇二四年一月一審宣判！京都地方法院指出，被告青葉真司犯案時，既非心神喪失也非精神耗弱狀態，對自己的犯行有完全責任能力，因此判處死刑。判決宣示時，審判長刻意不從主文，而從判決理由開始朗讀。死者家屬感傷落淚，青葉真司本人則從頭到尾低頭不語，離開法庭時也面無表情。

時間回到二〇一九年七月十八日上午十點半，京阿尼位在京都市伏見區的第一工作室，員工正忙碌之際，當年四十一歲的男子青葉真司攜帶大量汽油闖入，大喊「去死！」接著朝員工和辦公室潑灑汽油點火。工作室紙本畫稿不少，加上多採木製建材，猛烈大火一發不可收拾，瞬間吞噬三層樓高的建築物，濃濃黑煙上竄看得附近居民膽戰心驚。由於起火點在一樓，等於主要逃生出口受阻，最終造成三十六人死亡、三十二人輕重傷的慘劇，這也是一九八九年平成時代以來，死傷最多的縱火殺人事件。因青葉真司本人全身也有九成以上三度灼傷，無法交代案情，直到同年十一月才首度接受偵訊，本案首次開庭已是二〇二三年九月。

京都動畫公司向來以細膩畫風享譽海內外，招牌作品包括《涼宮春日的憂鬱》、《聲之形》與《吹響吧！上低音號》等。就算不是動漫迷，應該也看過他們協力製作的動畫如《神奇寶貝》、《我們這一家》及《哆啦A夢》等，可知京阿尼在動漫界的重要地位。正因為如此，京阿尼吸引眾多動畫人才前來一展身手，不料三十多人遭惡火奪命，即便倖存也可能因目睹同事喪命而創傷難平。消息一出，有動漫迷形容這是「動漫界的巴黎聖母院大火」，蘋果執行長庫克也發文哀悼，更有美國動畫公司發起募款活動，盼幫助受害者家屬。

青葉真司究竟和京阿尼有何深仇大恨，特別從埼玉市住處跑去京都縱火？這與他迷失了妄想幻境與現實界線有關。青葉向京阿尼投稿的小說落選，但堅信一位與自己相戀的京阿尼女導演讀過小說，剽竊自己的點子用於其他動畫；同時，小說會落選還有一

# 橋樑、導師、朋友：「運動英文翻譯」為何重要又難以取代

《Hoop Taiwan》、《XXL》美國職籃雜誌前編輯 **范仕仰**

二〇二四年，日籍旅美職棒球星大谷翔平的翻譯水原一平被爆出盜用帳款、非法涉賭。一位翻譯竟能涉及如此私人領域，確實令人驚訝，但也讓「亞裔職棒球星翻譯」獨特、難以取代的特質受到更多關注。

亞裔職棒球星翻譯的工作內容有哪些？幾年前，水原一平就曾在訪問中表示，「說話」其實只佔了他們工作內容的百分之十，其實更多是要協助球星打理生活，適應異地文化。根據《紐約時報》報導，常見的亞裔職棒球星翻譯工作內容還包括球季期間的日常家務、採購食材、接待親友來訪、將原文的棒球專業資料翻譯成球星看得懂的版本等。

甚至光是「說話」的部分，也並非僅是單純將英文翻譯成球員的母語，更要向球員解釋各種不同美式文化與風俗民情，包括有時令人困惑的口語、俗諺。若林圭一郎是波士頓紅襪隊日籍外野手吉田正尚的翻譯，他就曾分享自己為此費了一番功夫，除了要知道快速球的英文為「fastball」，也要知道美國人會將快速球暱稱為「火爐」(heater)。

「大家都以為翻譯的工作內容很簡單，就是會說兩種語言就好。但翻譯最重要的任務，其實是成為一座橋樑、一位導師、以及一位朋友。」林為鼎說。他是台灣強投陳偉殷挑戰美國大聯盟時聘請的首位翻譯，除了「說話」，他更要協助陳偉殷打理生活大小事。二〇一二年當陳偉殷大兒子要出生時，就是林為鼎親自開車將他們一家人送到醫院的。

也正因為廣泛、繁雜的業務範圍，沒有一種絕對的公式能勝任、同時滿足每一位球員的需求，讓這項職位更難以取代。堀江真吾目前擔任聖地牙哥教士隊日籍投手達爾比修的翻譯，他道出了這項工作的一大重點：「你需要對『人』有更深刻的了解，並且認真看待，全力投入。」

目前在美國職棒大聯盟，亞裔球員仍不算多，隨著人員異動起伏約有十幾、二十幾位。不過當更多的亞裔球星越洋挑戰棒球最高殿堂，翻譯們仍舊會持續被需要，幫助他們搭起與球賽、與隊友、乃至於與異地生活的重要橋樑。■

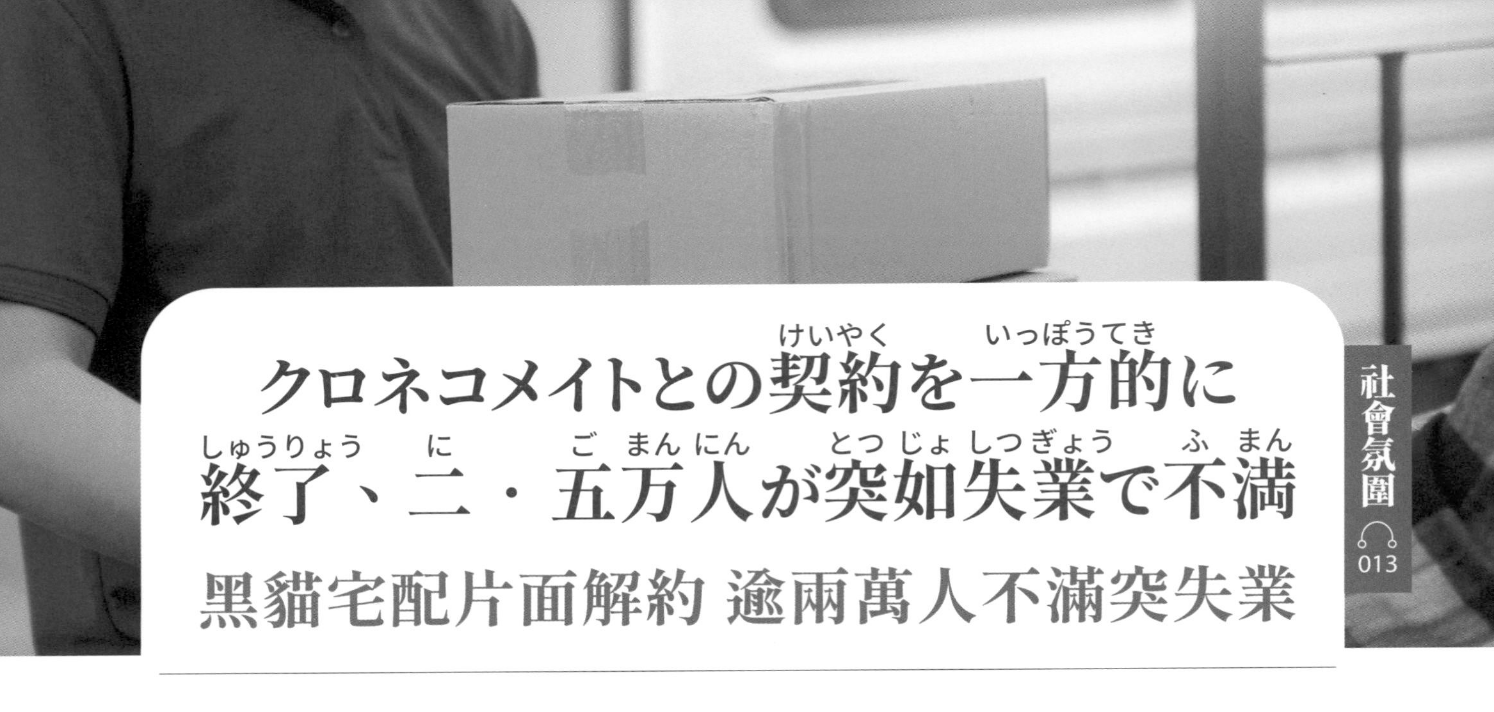



# クロネコメイトとの契約を一方的に終了、二・五万人が突如失業で不満

## 黒貓宅配片面解約 逾兩萬人不滿突失業

「これからどう生きていったらいいのか？」

「紙一枚で終わった」

二〇二四年一月九日、宅配大手、ヤマト運輸の東京本社前で約百人が横断幕を掲げて抗議の声をあげた。同社が二万五千人の個人事業主との契約を同月末で終了すると一方的に決定したことが原因だ。当事者が仕事を失い、路頭に迷う恐れもあるにもかかわらず、交渉の機会すら設けなかったことが強い不満を呼んだ。

契約終了の対象となったのは、メール便の配達などを請け負う個人事業主「クロネコメイト」だ。時給は約千二百円で、週六日働けば月収は約三十万円に上るため、多くの高齢者が契約を結んだ。ところが、同社は二三年六月、日本郵政への業務委託に伴い、二四年一月三十一日でクロネコメイトとの契約を終了すると発表した。会社側は、個人事業主は法律上の労働者に当たらないとして団体交渉に応じなかった。

抗議に参加したある七十四歳のクロネコメイトは「二十五年間、配達を続けてきたのに、裏切られたような気分だ」と話した。四十代の別のクロネコメイトは「多い時には一日六百個のメール便を配達していた。こんな簡単に切り捨てるなんてひどすぎる」と話した。ヤマト運輸は二月一日、クロネコメイトに契約年数に応じた謝礼金（三万～七万円）を支払うと公式サイトで発表したが、突如収入を絶たれた当事者にとっては焼け石に水だ。

日本のメディアの報道によると、正社員にもしわ寄せがきている。クロネコメイトの中には、ドライバーが朝八時の出勤後すぐに配達に出られるよう、朝五時～八時の荷物の仕分けを兼任していた人も多かった。クロネコメイトが辞めてからは、朝八時になっても仕分けが終わらない状況が続いている。宅急便は午前指定が多く、タイムロスにより配達員の負担が増大している。さらに、二四年四月からは運送業の時間外労働が年九百六十時間に制限された。労働者に配慮した規制ではあるものの、運送業の人手不足がさらに深刻化する見通しだ。Ⓝ

「只憑一張紙就解約了。」

「接下來我們該怎麼討生活？」

二〇二四年一月九日，日本知名的黑貓宅急便東京總公司前，近百人拉起布條高聲抗議，原因是全國多達二點五萬人即將在月底遭公司片面解約，一夕之間沒工作，恐怕面臨斷炊危機，業者卻連協商機會都不給，引發強烈不滿。

這批遭解約的人員稱為「黑貓夥伴」，他們以個人事業主的身分與宅配業者合作，主要負責廣告信函等投遞工作，時薪約一二〇〇日圓，若一週工作六天，一個月收入可來到約三十萬日圓，吸引不少年長者加入。然而，宅配業者去年六月與日本郵局簽約，打算將這項業務轉委託郵局，同時宣布與黑貓夥伴的合作於今年一月三十一日全面終止。業者更以個人事業主在法律上不屬於勞工為由，拒絕進行團體協商。

抗議現場，一名七十四歲的黑貓夥伴不平地表示，自己廿五年來努力配送，如今卻如同遭到背叛。另一名四十多歲的黑貓夥伴受訪時表示，自己最高紀錄曾一天內投遞六百封信函，然而業者如今就這麼輕易拋棄黑貓夥伴，未免太過份。隨後二月一日業者在官網宣布，將依簽約年資長短支付黑貓夥伴三萬到七萬日圓的答謝金，但對突然失去收入來源的他們來說，顯然幫助並不大。

另一方面日媒也報導，少了黑貓夥伴正式員工也叫苦連天。原來過去部分黑貓夥伴也兼負責清晨五點到八點間的包裹分類工作，方便配送人員八點一上班就能出門遞送，但少了黑貓夥伴，分類工作往往超過八點還無法完成，偏偏指定上午送達的貨物量又多，配送時間遭壓縮，宅配人員負擔加重，影響工作效率。加上從二〇二四年四月起，日本政府規定物流運輸人員一年加班時數上限不得超過九百六十小時，法令立意良善，但對目前物流業人力不足問題恐怕又一雪上加霜。■

### 單字 CHECK!

大手（おおて）【名】
大企業、正門

伴う（ともなう）【動】
伴隨

本社（ほんしゃ）【名】
總公司

仕分け（しわけ）【名】
分類

失う（うしなう）【動】
失去

配慮する（はいりょする）【動】
照料、為～考慮

### 句型 CHECK!

にもかかわらず
儘管、雖然

例句

猛勉強（もうべんきょう）したにもかかわらず、試験（しけん）に落（お）ちた。
儘管拚了命地讀書，考試還是沒過。

興味（きょうみ）がないにもかかわらず、好（す）きな相手（あいて）に誘（さそ）われたので断（ことわ）れなかった。
儘管沒有興趣，被喜歡的人邀請還是無法拒絕。

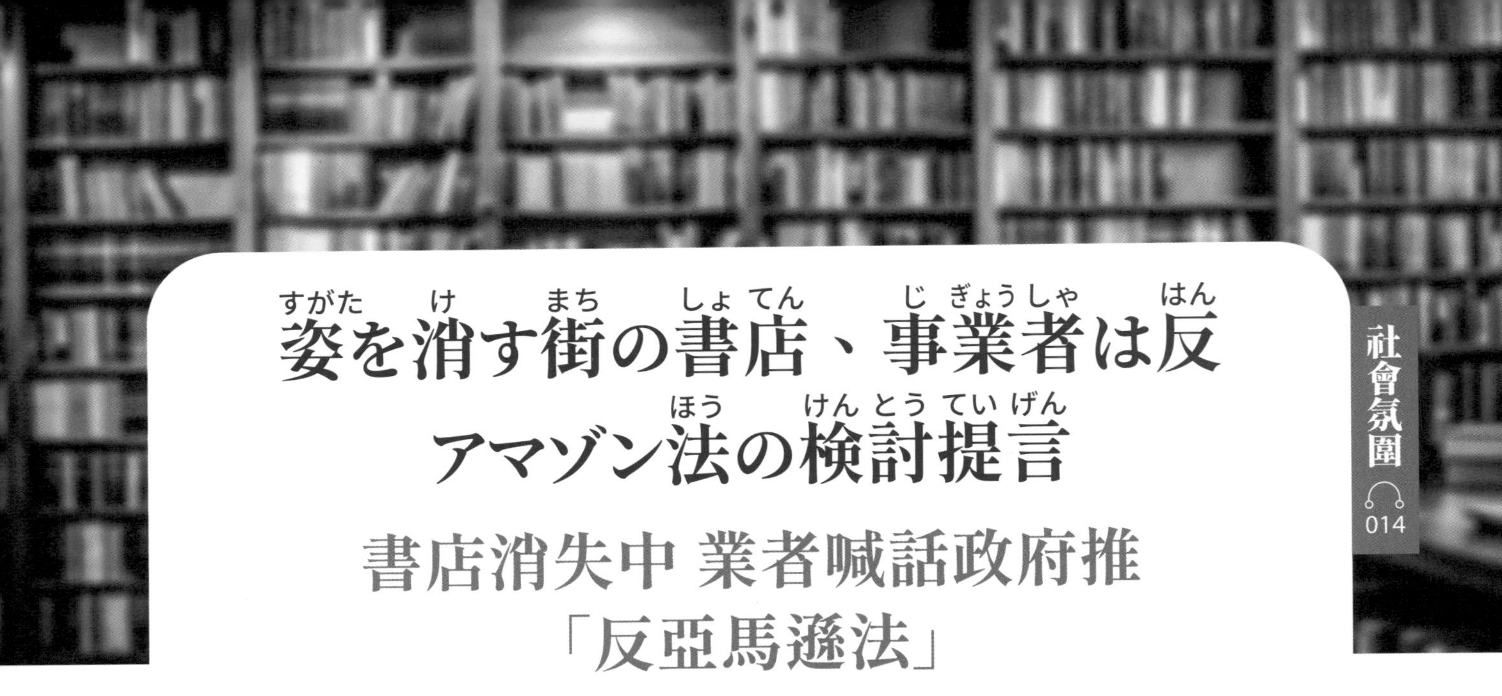

# 姿を消す街の書店、事業者は反アマゾン法の検討提言

## 書店消失中 業者喊話政府推「反亞馬遜法」

台湾だけでなく、日本でも街の書店がどんどん姿を消している。統計によると、二〇二四年三月時点の日本全国の書店数は一万九百十八店で、十年前より四千六百店以上減少し、約三分の二になった。書店が一店もない市町村は二十七・七%に上る。

ネット書店による送料無料化や電子書籍の普及などにより、実店舗の書店は経営がますます難しくなっている。コロナ禍の巣ごもり需要で売り上げは一時回復したが、コロナ規制解除後は再び厳しい経営環境に直面している。過去十年間に倒産・休廃業で七百六十四社が市場から姿を消した。

経営悪化の主な原因は、雑誌の需要が大幅に減少したことにある。ニューススタンドなどで雑誌を販売する欧米諸国と異なり、日本では書店の店頭にさまざまな雑誌が並び、主な収入源となっていた。ピークの一九九六年には書籍の販売額一兆九百三十一億円に対して、雑誌の販売額は一兆五千億円余りと約一・五倍の規模で、業界では「雑高書低」と呼ばれていた。しかし、スマートフォンの普及により、紙の雑誌の売れ行きは落ちてきた。

日本の経済産業省は二〇二四年三月、書店を支援するプロジェクトチームを発足し、斎藤健経産相は書店経営者らと意見交換した。経営者からは、リアル書店を守るためにフランスが導入した、ネットの書籍販売で購入額が三十五ユーロ（約千三百台湾元）未満の場合、三ユーロ（約百台湾元）以上の送料徴収を義務づける「反アマゾン法」の検討が提言された。ただ、このような規制でリアル書店の業績が伸びるかは不明な上、消費者の権利を侵害しかねないため、丁寧な検討が必要だと専門家は指摘する。

既存の書店の多くは生き残りをかけて異業種と連携している。カフェ併設書店はもはや珍しくない。東京には二〇二〇年から果物を販売する書店も登場しており、来店客の増加で書籍の売上増につながっている。シミュレーションゴルフ練習場を併設する書店もある。

「街角書店一間一間消失！」這個問題不只在台灣，在日本也逐漸擴大。二〇二四年三月的統計資料顯示，近十年間日本全國多達四千六百家書店門市關門大吉，書店數量來到一萬九百一十八間，剩十年前的三分之二，一間書店都沒有的村鎮比率也上升到百分之廿七點七。

不可否認網路書店成功用免運費吸引消費者，加上電子書漸成主流，實體書店經營愈來愈困難。新冠疫情雖然一度推升宅經濟，讓書店業績有所起色，但防疫解禁，書店經營仍難敵大環境壓力，過去十年間破產或歇業的公司，多達七百六十四家。

分析更指出，日本書店經營困難，主因其實是雜誌市場大縮水。相較歐美，雜誌主要在書報攤販售，並非書店，但一走進日本書店，最先看到的就是五花八門的雜誌，也是日本書店主要收入來源。例如一九九六年高峰期，書籍銷售總額一兆九百三十一億日圓，同年雜誌則創下一兆五千多億日圓，約一點五倍的銷售佳績，業界更有「雜高書低」的說法。然而進入智慧手機時代，紙本雜誌也不再吃香。

眼看書店只減不增，日本經濟產業省今年三月成立專案小組，經濟產業大臣齋藤健也親自與書店業者對話，試圖商討對策。業者建議參考法國的「反亞馬遜法」，也就是規定網路書店未達三十五歐元（約一千三百元台幣）的訂單，至少須收取三歐元（約一百元台幣）運費，保護實體書店競爭力。不過這樣一來是否真的能提升實體書店業績尚未可知外，還可能損害消費者權益，專家建議政府謹慎思考。

另一方面，現存書店紛紛發揮創意，大玩異業合作求生存。咖啡廳書店早已不稀奇，東京有書店從二〇二〇年起兼賣蔬果，顧客天天上門，成功刺激書籍銷售額；也有書店結合高爾夫模擬練習場，鎖定特定客群，開創另類商機。■

### 單字 CHECK!

**ますます** 副
越來越

**売れ行き**（うれゆき） 名
銷售情況

**売り上げ**（うりあげ） 名
銷售額、營業額

**不明**（ふめい） 形
不明確的、不確定的

**ピーク** 名
山頂、最高峰

**既存**（きそん） 名
既有

### 句型 CHECK!

～かねない
可能（發生不好的事）

例句

**状況（じょうきょう）が続（つづ）くと、この会社（かいしゃ）は倒産（とうさん）しかねません。**
狀況持續下去，這間公司可能會破產。

**あいつなら、秘密（ひみつ）を漏（も）らしかねない。**
那傢伙的話，可能會洩漏祕密。

日本少子化危機不見改善，二〇二三年新生兒數量再創新低！岸田政府推動新政策，盼透過擴大育兒津貼等方法鼓勵生育，二〇二四年六月日本參議院通過新法，計畫成立「兒童及育兒支援基金」。不過錢從哪裡來？答案是二〇二六年起，與醫療保險費合併向國民徵收。

去年日本新生兒降到七十二萬多人，比前一年少了四萬多人，不但是歷史新低，更寫下八年來連減紀錄。若依照這個趨勢，二〇七〇年日本人口可能只剩約八千七百萬人。政府企圖挽救頹勢，首相岸田文雄指出從現在到二〇三〇年的六、七年間，是逆轉少子化的最後機會，盼藉社會全體的力量養育下一代國家幼苗。

新法最受矚目的改變包括延長育兒津貼發放年齡上限，從十五歲改成十八歲，且取消父母所得限制，意謂不論父母收入高低，每個孩子都能領到津貼，同時第三胎後每月補助額提高到三萬日圓。如此一來，每名兒童從出生到十八歲期間，補貼金額平均增加約一百四十六萬日圓，加上現行的津貼，平均一人可領三百五十二萬日圓（約台幣七十七萬元）。

如此得向人民徵收多少錢？日本政府公佈試算結果，依照年收不同，徵收金額有所差異。年收入兩百萬日圓（約台幣四十三萬元）的民眾，每個月負擔三百五十日圓（約台幣七十六元），一年下來共四千兩百日圓（約台幣九百廿元），年收愈高負擔金額也愈高。

消息一出，激起正反兩方意見，反對陣營主張如此增加民眾負擔，尤其是靠退休金生活的長者，且不能保證津貼政策能逆轉少子化困境。岸田政府則回應，近期推動薪資上漲，因此即使每月要多支出一些，然而一正一負相抵，實際上負擔等於零，但目前反對派並不買帳，要求政府做出更清楚易懂的說明。■

### 單字 CHECK!

**手当**（てあて） 名
津貼

**推計する**（すいけい） 動
推算

**反転する**（はんてん） 動
逆轉

**撤廃する**（てっぱい） 動
取消、撤銷

**給付**（きゅうふ） 名
給付、發放

**納得**（なっとく） 名
理解

### 句型 CHECK!

**～によって**
因、根據

例句

**会社（かいしゃ）によって、やり方（かた）は全然違（ぜんぜんちが）います。**
作法因公司不同，完全不一樣。

**話（はな）す相手（あいて）によって、言葉遣（ことばづか）いも変（か）えた方（ほう）がいいです。**
根據不同的訴說對象，改變用字遣詞比較好。

# TSMCの熊本進出、注目を集めた知事選

## 台積電進駐 熊本知事由誰當家受矚目

「JASM開所です。テープカットをお願いします！」。TSMCの熊本工場が二月二十四日、開所式を行った。TSMCの海外展開における重要なマイルストーンだ。創業者の張忠謀氏が出席し、工場稼働によって日本を含む世界の半導体サプライチェーンが強靭化されることを願うと表明した。経済効果は十年間で二十兆円（約四・三兆台湾元）と推計されている。熊本工場が話題となる中、熊本県知事の後任が注目を集めた。

熊本県のPRキャラクター「くまモン」の誕生を後押し、知名度向上に貢献した蒲島郁夫前知事が五期目を目指さないと表明したことにより、十六年ぶりに新知事が誕生する選挙戦となった。候補者は四人いたが、実際は四十九歳の木村敬前副知事と五十八歳の幸山政史・前熊本市長との一騎打ちだった。

木村氏は連立与党の自民・公明両党が推薦し、蒲島前知事も支持を表明した。木村氏は蒲島氏が東京大学の教授を務めていたときの教え子だ。幸山氏は立憲民主党など野党四党が支持した。事実上の与野党対決となった選挙は木村氏が当選した。地元では、木村新知事がどのようにTSMCの進出や関連の建設計画に対応していくかに注目が集まっている。

熊本工場は敷地面積が東京ドーム約四・五個分に相当し、約千七百人を雇用する計画だ。工場のある熊本県菊陽町の人口はわずか約四万三千人で、最寄りのJR「原水駅」は無人駅だ。工場の稼働後、通勤ラッシュ時は乗客で混雑するようになった。菊陽町と周辺地域では交通インフラの整備が不十分で、渋滞がさらに深刻化した。

また、TSMCは大卒者を初任給二十八万円（約六万千台湾元）の好条件で求人し、人材確保に成功したが、現地の他の製造業は人手不足となった。さらに、熊本は豊富な地下水で有名だが、地元では、TSMCの半導体製造で大量の水資源が使用され、水資源の減少、水質の悪化などの環境破壊につながるとの懸念も広がっている。木村新知事が解決すべき課題は多い。Ⓝ

「JASM開幕，請剪綵！」台積電熊本廠二月廿四日盛大開幕，作為台積電海外佈局的里程碑之一，重要性自然不在話下！創辦人張忠謀親自出席，表示期盼藉熊本新廠啟用，進一步強化無論是日本或全球的半導體供應韌性，推估十年間經濟效益高達二十兆日圓（約台幣四點三兆元）！台積電日本新廠成為話題之際，新任熊本縣知事由誰接棒也備受矚目。

一手催生熊本縣代表吉祥物「熊本熊」，並打開知名度的前知事蒲島郁夫，經歷四個任期後宣布不再尋求連任，蒲島知事時代告終，熊本縣睽違十六年迎來新人角逐知事一職。這場選戰雖有四名候選人，但實際上是兩強對抗：由四十九歲的熊本縣前副知事木村敬，對上五十八歲的前熊本市長幸山政史。

木村有執政聯盟自民黨與公明黨的推薦，蒲島前知事也公開力挺這位自己在東京大學任教時的學生；幸山則有立憲民主黨等在野四黨支持，可視為一場朝野之爭。這場選戰最終由木村敬獲選，他將如何對應台積電進駐與後續相關建設與管理，在地人非常關心。

台積電新廠區約四點五個東京巨蛋這麼大，相關職員約一千七百人，所在的菊陽町人口僅約四點三萬，廠區最近的JR「原水站」還是個沒站務員的小車站。隨著廠區啟用，通勤時間突然湧現大量乘客，同時菊陽町及其周邊地區大眾運輸不發達，原有的塞車問題也變得更嚴重。

其次，台積電開出大學畢業起薪廿八萬日圓（約台幣六點一萬元）的誘人條件成功吸引人才，不過當地其他製造業卻陷入缺人困境。另外，熊本以豐富優質的地下水資源著稱，居民不免擔心半導體製造需要大量水資源，如此一來水量與水質都可能受到影響，甚至破壞環境。以上這些都是新任熊本知事亟需面對的問題。■

### 單字 CHECK！

**行う（おこな）** 動
舉行、舉辦

**野党（やとう）** 名
在野黨

**後押し（あとお）** 名
支援、推手

**わずか** 形
僅僅

**一騎打ち（いっきう）** 名
一對一對決

**不十分（ふじゅうぶん）** 形
不完整、不充分

### 句型 CHECK！

**～における**
在～的、於～的

例句

**公共（こうきょう）の場（ば）における飲酒（いんしゅ）・喫煙（きつえん）を禁止（きんし）します。**
禁止在公共場合的飲酒、抽菸。

**小学校（しょうがっこう）における英語教育（えいごきょういく）は問題（もんだい）だらけです。**
小學的英文教育滿是問題。

# オーバーツーリズム対策、富士山で通行料徴収・登山者数制限

## 對抗觀光公害 富士山收費制 設人數上限

コロナ規制の解除後、日本最高峰の富士山登山が人気となり、オーバーツーリズム（観光公害）が発生した。短パンにサンダルという危険な格好で登ろうとする外国人観光客や、山小屋を予約せず、キャンプして火を焚く人もいる。神聖な富士山が登山客であふれ、大量のゴミで環境破壊も起きている。こうした問題を解消するため、山梨県は通行料の徴収と一日あたりの登山者数制限を決定した。

富士山の登山シーズンは夏の約二カ月間だ。四つの登山道のうち、最も混みやすいのが最も登りやすいと言われる山梨県側の「吉田ルート」だ。山梨県は今年から、吉田ルートを通行する日帰り登山者にオンラインでの事前予約を義務づけ、二千円（約四百四十台湾元）の通行料も徴収する。予約をしない場合は現地で支払う。一日あたりの登山者数の上限は予約枠と予約なし枠を合わせて四千人に設定した。山小屋宿泊者は規制対象外だが、通行料は必要だ。支払い済みの人は現地でリストバンドを受け取って登山を開始する。

安全のため、登山道入口に設けたゲートを午後四時～翌日午前三時に閉鎖する通行規制も行う。危険な弾丸登山を防止するのが目的だ。弾丸登山とは山小屋などに宿泊せず、一日で登頂と下山を済ませる行為のことで、台湾の登山用語「単攻」に相当する。富士山の場合、登山道入口から山頂までは往復で約十二時間を要し、体力が低下して事故が発生する危険性が高い。高所で発生する高山病や低体温症のリスクもある。

日本メディアが登山道入口で行ったインタビューで、東京から来たという人は、富士山を維持するための費用の徴収に賛成と回答した。フランス人の観光客は、フランスのモンブランに登る場合も装備や宿泊場所の事前チェックが必要で、富士山の通行料も高くないため、混乱を避けるための規制に賛成だと答えた。一方、通行料徴収の新規制を知らず、ゲート前で足止めされた人も多くいた。散歩したいだけの地元住民であっても、諦めるほかない。Ⓝ

疫情解禁，攀登日本第一高峰富士山蔚為潮流，卻也引發「過度觀光」問題，登山亂象叢生！例如有外國遊客忽視高山風險，穿短褲和拖鞋就想登頂；還有人沒預約山屋，露營升火等。莊嚴神聖的富士山變得人滿為患，垃圾清不完，自然環境遭破壞，為了解決觀光公害減輕環境負荷，山梨縣政府決定徵收通行費，並限制每天入山的人數！

富士山每年夏季約兩個月開放登山，其中位於山梨縣的「吉田登山步道」是四條登山路線中，被公認為最簡單、也因此往往是人潮最壅塞的路線。山梨縣政府今年起規定，選擇吉田步道一日遊的民眾須事前上網預約，並繳交兩千日圓（約台幣四百四十元）通行費，未事前預約也可現場繳費，兩者加起來一天限額四千人，預約了山屋住宿的民眾人數雖不在此限，但仍要繳交通行費。完成繳費與報到後，每人可領到一個手環，戴有手環才能通行。

另外，不是隨時想通過就能通過，為了安全每天下午四點到清晨三點間，木閘門會關起來禁止通行。除了限制人數外，更重要的是防止民眾冒險「彈丸登山」！彈丸登山就是台灣登山界所說的單攻，目標是不住宿、一天之內登頂並下山。以富士山為例，估算從登山口到山頂來回所需時間約十二小時，體力不支發生意外的可能性相當高，更不能忽視高海拔引發高山症與失溫的風險。

日本媒體在登山口訪問民眾意見，一名東京民眾表示樂見富士山收維護費；一名法國觀光客則說，攀登法國白朗峰前，登山客也須經過裝備及住宿地點審核才能上山，一來富士山收取的通行費並不高，他贊成實施管制避免過度混亂。不過現場也有不少民眾不清楚收費新制，在閘門前被攔了下來，如有當地民眾只想來散散步，最後只得悻悻然止步。■

### 單字 CHECK!

**あふれる** 動
氾濫、溢出

**受け取る**（うけとる） 動
接受、領取

**解消する**（かいしょうする） 動
消除、解除

**要する**（ようする） 動
必須、需要

**混む**（こむ） 動
擁擠、混亂

**足止め**（あしどめ） 名
攔下、攔住

### 句型 CHECK!

～ほかない
只能、只好

例句

**終電（しゅうでん）もないし、タクシーで帰る（かえる）ほかありませんね。**
末班車也沒了，只好搭計程車回去！

**もし失敗（しっぱい）したら、最初（さいしょ）からやり直す（なおす）ほかありません。**
失敗的話，只能從頭來過了。

低薪低利時代，只靠儲蓄恐怕行不通！日本政府二〇二四年起實施新NISA制，免除課徵投資收益稅期限、放寬免稅投資額度，鼓勵民眾從儲蓄轉向積極投資，增加個人資產。

NISA指的是「個人小額投資帳戶」，日本政府在二〇一四年就已經推出。原規定一年投資額一百廿十萬日圓內的投資收益，可免繳納百分之二十的稅，不過免稅期只有五年。二〇一八年再衍伸出定期定額投資NISA，每年投資額四十萬日圓內的收益同樣免稅，免稅期為廿十年。

然而該制上路十年，日本銀行二〇二三年六月底的統計顯示，日本家庭資產分配中現金與儲蓄比率仍最大，佔逾五成，年金保險等約佔二成五，股票與信託投資等則不到兩成。與歐美相比，歐洲家庭儲蓄金分配約佔家庭資產百分之三十六，美國更低，只有約百分之十三。

上述調查顯示，日本民眾更傾向把錢存在銀行，因為沒有損失風險，帳面數字還會慢慢增加。然而，在如今低利率時代，辛苦存了一年得到的利息，恐怕追不上物價漲幅。為了鼓勵民眾把高額儲蓄轉進投資市場，活化金流，日本政府二〇二四年推出新NISA制，大幅放寬免稅優惠。

新制首先取消免稅年限，並提高每年投資額上限：定期定額NISA來到一百廿十萬日圓，單筆投資NISA則為兩百四十萬日圓，兩者又可合併，合計每年最高可來到三百六十萬日圓。此外免課稅總額度拉高到了一千八百萬日圓。

新制廣受年輕族群歡迎，上路才三個月，開立新帳戶的人數是去年同期的三倍多，購買金額超過四兆六千億日圓，也是去年同期的近三倍。關於近期日圓長期處於低點以及美國股市震盪，投資人不免憂心，專家提醒把眼光放遠，利用多餘資金長期且持續買進是投資重點。■

### 單字 CHECK!

低迷（ていめい）する 動
低迷

併用（へいよう）する 動
合併、並用

頼（たよ）る 動
依賴、仰賴

膨（ふく）らむ 動
膨脹

促（うなが）す 動
促進、促使

不安定（ふあんてい） 形
不穩定的

### 句型 CHECK!

～に対（たい）する
對於

例句

日本（にほん）の飲酒運転（いんしゅうんてん）に対（たい）する罰（ばつ）は重（おも）いと思（おも）います。
我覺得日本對於酒駕的處罰很重。

彼（かれ）は政治（せいじ）に対（たい）する関心（かんしん）が深（ふか）いです。
他對政治有很大的興趣。

# 建設業の倒産千六百件超え、建設コスト上昇で

## 建築成本飆漲掀破產潮 逾一千六百家建商倒閉

世界的な不動産市場の不況を受け、各国で建設会社の倒産が相次いでおり、日本もその例外ではない。日本では二〇二三年の建設会社の倒産は千六百七十一件で、前年比約三十九%増加した。増加率が三十%を上回ったのは二〇〇〇年以来はじめて。世界金融危機（リーマンショック）の影響を受けた二〇〇八年の増加率二〇%未満を上回った。倒産件数でも、新型コロナウイルス感染症が拡大した二〇一九年、二〇二〇年のそれぞれ千五百件未満、千三百件未満を上回った。

二〇二三年の建設会社の負債総額は千八百五十七億円で、前年比五十%余り増加した。負債総額が合わせて約三百七十億円に達した大手二社を除くと、小規模業者の倒産が中心だった。

建設会社の倒産が急増した背景には、建築資材の高騰と人件費の上昇が挙げられる。鉄筋や木材などの建築資材のコストは約三〇%上昇した。米国と中国で需要が高まり、世界的に値上がりした。円安による輸入コスト増も響いた。一方、不動産需要は伸びなかったため、建設各社は値上げできず、利益が圧迫された。赤字にならなければ御の字という状況で、多くの建設会社が倒産を余儀なくされた。

人手不足の問題も建設業に打撃となっている。人手不足のために工事が予定通り完了できず、完工時期が後ズレすることで、人件費が増大し、建設会社の利益はますます減少している。さらに、二〇二四年からは人件費、人員配置の面でさらに厳しい状況となる。日本政府は三月、建設業界に五%以上の賃上げを要請したほか、労働環境の改善のため、物流業界と同様、建設業界に対しても残業時間の上限規制（いわゆる「二〇二四年問題」。以前は残業時間の上限がなかった）を適用した。

ある建設会社は、木材と鉄筋の価格は当面下がりそうになく、ロシア・ウクライナ戦争の長期化と原油価格の上昇でコストの高止まりが続き、二〇二四年問題も影響して、今後さらに多くの建設会社が破産を宣告すると予想した。N

全球房地產不景氣，倒閉潮席捲各國建商，日本也沒倖免！二〇二三年日本多達一千六百七十一家建設業者破產，比前一年增加約百分之三十九。這是二〇〇〇年以來，首次增幅突破百分之三十！即便是二〇〇八年雷曼兄弟破產事件引發全球金融海嘯、房市萎縮，當年較前一年增幅尚且不超過二成。更別說新冠疫情肆虐的二〇一九年與二〇二〇年間，破產建商分別不超過一千五百家與一千三百家。

再看看破產建商的負債總額，二〇二三年累計達一千八百五十七億日圓，是前一年的一點五倍以上。但若扣除兩家大型建商加起來約三百七十億日圓的負債額後，會發現破產的主要是小型建商。

為何二〇二三年日本破產建商如此之多？原因是建築材料與人力成本雙雙上揚。建材成本約上漲百分之三十，例如鋼筋及木材，都因為美國與中國需求擴大，造成全球性漲價。加上日圓貶值，所需成本再提高。然而房市熱度並未跟著上升，建商無法抬高售價，利潤遭壓縮。若能回本還算幸運，無奈結果卻是大量建商面臨破產命運。

另外，日本缺工問題也衝擊建設業。人力不足導致無法如期完工，延長工期，人事支出相對應增加，建商利潤愈來愈薄。除此之外，二〇二四年起人力成本與人員配置，將更加考驗建商。為了保障勞工權益，日本政府不但在三月要求建設業為勞工加薪至少百分之五，同時為了改善勞動條件，和物流業一樣，日本政府出手限制建設業勞工加班時數，不像過去毫無上限，也就是所謂的「二〇二四問題」。

建商預估，木材與鋼筋價格短期內不會下降，加上俄烏戰爭拖延與原油價格上漲只會讓成本持續居高不下，日本國內又面臨二〇二四問題，恐怕會有更多建商宣告破產。■

### 單字 CHECK!

**不況**（ふきょう） 名
不景氣

**コスト** 名
成本

**急増する**（きゅうぞう） 動
驟增

**余儀**（よぎ） 名
其他辦法

**人件費**（じんけんひ） 名
人事費用

**要請する**（ようせい） 動
要求

### 句型 CHECK!

**一方**（いっぽう）
另一方面，可當開頭，也可接在句中使用

例句

**この仕事（しごと）は給料（きゅうりょう）が高（たか）い一方（いっぽう）、やりがいがない。**
這份工作薪水很高，另一方面卻沒什麼做的意義。

**彼（かれ）は歌手（かしゅ）であるが、一方（いっぽう）、医者（いしゃ）でもある。**
他是一名歌手，另一方面同時也是一名醫生。

# 日本製鉄が二兆円でUSスチール買収へ、バイデン大統領は反対

## 日企捧兩兆收購美國鋼鐵 美總統拜登反對

日本の鉄鋼最大手、日本製鉄が米国の老舗鉄鋼大手、USスチールを買収し、子会社化すると発表した。大型の買収計画にUSスチールの株主は賛同したが、米バイデン大統領は反対した。

日本製鉄は二〇二三年末、買収計画を発表した。買収額は一株五十五米ドル、総額約百四十一億米ドル（約二兆円）で、USスチール株の同日終値計算でプレミアムは約四十％。発表を受けてUSスチールの株価は翌日、約二十五％高の四十九米ドルとなった。

日本製鉄は粗鋼生産量で世界四位。買収に成功すれば世界三位に浮上する。米国という巨大市場を見込み、電気自動車向け鋼板などの先端生産技術を導入して米国鉄鋼産業の競争力とサプライチェーンを強化する狙いだ。環境に配慮して生産工程の脱炭素化も推進する。幹部人事の異動計画を進めており、買収後の経営体制の準備は整っている。

日本製鉄は二〇二四年五月、欧州連合や英国、メキシコなどの規制当局から買収計画の承認を得たと明らかにした。

ところが、バイデン大統領と全米鉄鋼労働組合は、USスチールが外国資本の手に渡れば、経済、安全保障の面で懸念があるとして反対した。ただし、一九〇一年創業のUSスチールは歴史は古いものの、設備の老朽化で経済的な重要性は低下しており、米国の象徴的な企業としての意味合いのほうが大きい。

日本製鉄は買収を成功させるため、USスチールと労組間の全ての合意を尊重し、短期的には人員削減や工場閉鎖を行わず、USスチールの米国本社をピッツバーグに移転することにも協力すると表明した。

しかし、米国政府は承認せず、司法省は反トラスト法に基づく審査関連資料を提出するよう求めた。日本製鉄は四月、買収完了期限を当初の九月から十二月に延期すると発表した。米国メディアは、買収完了は十一月の米大統領選後になると予想した。日本製鉄は、期限の延期は政治的な理由によるものではないと否定したが、審査にはかなりの時間がかかるとみられる。N

日本鋼鐵業龍頭日本製鐵，宣布收購美國老牌同業「美國鋼鐵」，計畫納為旗下子公司。這項大型跨國收購計畫得到美國鋼鐵股東熱烈支持，然而美國總統拜登則強力反對！

日本製鐵於二〇二三年底宣布收購計畫，開出以每股五十五美元高價，總價約一百四十一億美元（約兩兆日圓）收購，比當天美國鋼鐵的收盤價溢價約百分之四十，隔天美國鋼鐵股價聞訊大漲約百分之二十五，來到每股四十九美元。

日本製鐵是目前全球第四大粗鋼製造商，若收購成功將躍升為全球第三。日本製鐵看好美國龐大市場，計畫引進電動車用鋼板等先進製造技術，提高美國鋼鐵競爭力、強化供應鏈；同時注重環保，推動生產過程脫碳化。日本製鐵內部也進行了高層人事異動，對合併後的經營管理可說是蓄勢待發。

二〇二四年五月，日本製鐵表示收購計畫已陸續獲得歐盟、英國與墨西哥等國監管單位同意，然而美國總統拜登與美國聯合鋼鐵工會，反對美國鋼鐵落入外資手中，以經濟及國安疑慮為由大表反對。但實際上，一九〇一年創立的美國鋼鐵雖然歷史悠久，但設備老舊、經濟重要性式微，反而是精神象徵意義比較大。

為了併購案能順利推進，日本製鐵大展誠意，承諾遵循美國鋼鐵與工會間的所有協議，保證短期內不會裁員，也不會關閉任何一座工廠，甚至願意配合美國鋼鐵，將美國總部遷移到匹茲堡。

不過美國政府不輕易點頭，司法部要求日本製鐵提出反壟斷法審查相關資料，日本製鐵也因此於四月宣布，完成收購期限從原本的九月延長到十二月。外媒指出，完成收購的時間點可能落在十一月美國總統大選之後，雖然日本製鐵否認延期是因為政治因素，但目前看來這項收購案審查，很可能耗費時日！■

### 單字 CHECK!

**老舗**（しにせ） 名
老店、老字號

**整う**（ととの） 動
整頓、備齊

**浮上する**（ふじょう） 動
浮出水面、嶄露頭角

**老朽**（ろうきゅう） 名
老舊、破舊

**サプライチェーン** 名
供應鏈

**合意**（ごうい） 名
同意

### 句型 CHECK!

**明らかにする**（あき）
開誠布公、闡明

例句

**この原因を明らかにする必要がある。**（げんいん／あき／ひつよう）
有必要闡明這個原因。

**事件の真相を明らかにする。**（じけん／しんそう／あき）
對於事情的真相開誠布公。

二〇二四年七月一日，日本最新國產火箭H3在鹿兒島縣種子島太空中心發射成功，火箭上搭載的地球觀測衛星「大地四號」也順利進入軌道！這次成功意謂日本太空技術更上層樓，未來有望在國際競爭激烈的商業衛星發射市場搶攻一席之地。

這是H3火箭第三度發射，二〇二三年三月H3火箭一號機發射失敗，連帶損失上頭搭載的觀測衛星「大地三號」，先不算火箭造價，光是大地三號的開發費用就花了約兩百八十億日圓（約台幣六十二億元）。幸好今年二月H3二號機發射成功，扳回一城，但當時為了避免二度損失，只搭載兩枚超小型衛星與一枚模擬衛星做測試。

日本的H2A火箭即將除役，H3正是後繼的主力火箭，由日本太空研究開發機構JAXA和三菱重工聯手，花費十年及約兩千兩百億日圓（約台幣四百八十五億元）研發。JAXA表示新開發的引擎效率與推進力升級，同時也力求降低成本，將單次發射費用壓在五十億日圓（約台幣十一億元），比H2A便宜了一半。在私人太空科技公司蓬勃發展之際，目標以高穩定性與低價兼具的優點進軍衛星發射市場。除此之外，H3未來還將投入月球與火星探測任務，也規劃向月球門戶太空站運補物資，責任重大。

同時，衛星「大地四號」順利投入軌道，增強了日本的地球觀測能力，觀測範圍比過去擴大了四倍，有助掌握地震洪水等災害及監測森林與海洋變化。另外，JAXA也在今年一月把無人月球探測器SLIM送上月球，成為全球第五國。SLIM著陸精準度極高，但美中不足的是它幾乎以倒立姿態著陸，導致陽光照不到太陽能板無法持續供電，但即便如此，仍昭示了日本航太發展的新時代來臨。■

## 單字 CHECK!

**打ち上げる**（うあ）動
發射

**向上する**（こうじょう）動
向上、提升

**激化する**（げきか）動
激烈

**台頭する**（たいとう）動
得勢、興起

**終える**（お）動
結束

**快挙**（かいきょ）名
創舉

## 句型 CHECK!

**とはいえ**
儘管這麼說、雖說

例句

**近**（ちか）**いとはいえ、30分**（さんじゅっぷん）**はかかります。**
雖然說很近，但還是要花個 30 分鐘。

**友達**（ともだち）**とはいえ、まだタメ口**（ぐち）**が使**（つか）**えない関係**（かんけい）**です。**
雖說是朋友，但還是要用敬語的關係。

# KADOKAWAがサイバー攻撃被害、損失深刻

## 角川集團網站遭癱瘓損失慘重

出版を祖業とし、ゲーム、映像、ウェブサービス事業にも参入するKADOKAWAのサーバーが、二〇二四年六月八日未明からランサムウェアを含む大規模なサイバー攻撃を受け、公式サイトや傘下ドワンゴの動画共有サービス「ニコニコ動画」が利用できなくなった。ライブ配信チャンネルや音楽の収益化、ニコニコのアカウントでログインするウェブサービスが停止に追い込まれた上、クリエイターや取引先、従業員など二十五万人以上の個人情報が漏洩した。書籍の製造・物流システムも被害を受け、出荷部数が平常時の三分の一に落ち込んだ。

KADOKAWAは六月中旬、社長の謝罪動画を公表し、対策本部を設置してシステムの復旧、サイバー攻撃の原因、被害範囲の特定を急ぐとする声明を発表した。六月末、ロシア系ハッカー集団が犯行声明を出し、身代金を支払わなければ、盗んだ情報を七月から公表すると表明した。七月一日夜、一部の情報がダークウェブ上に流出し、個人のSNSや匿名サイトに拡散された。悪質な情報拡散行為は数日で四百七十三件確認された。KADOKAWAは七月十二日、再び声明を発表し、被害者に謝罪したほか、個人情報をシェアしたりダウンロードしないよう呼び掛けた。さらに、各プラットフォームの運営者には削除申請をし、発信者に情報開示も請求しており、深刻な場合は法的措置も辞さないと表明した。

ニコニコ動画は八月五日、約二カ月ぶりに再開した。書籍の出荷は八月中旬に回復した。KADOKAWAは、サイバー攻撃の影響により三十六億円の特別損失を計上する見通しだと発表した。数百ものシステムが連携するサービスの再構築や六～八月分の会員費の返金、クリエーターへの補償費用に充てる。

サイバー攻撃の原因や経路、方法は八月中旬時点でも不明だが、ある大手セキュリティ企業の調査では、フィッシングなどの攻撃でドワンゴの従業員のアカウント情報が窃取されたことが原因の可能性が高いという。

二〇二四年六月八日凌晨起，以出版起家，近年跨足遊戲、影像、網路服務等的日本「角川」集團，因公司內部的數據中心伺服器遭包含勒索軟體在內的大規模網路攻擊，造成官方網站、旗下「多玩國」經營的影片分享網站「Niconico 動畫」全面癱瘓。直播頻道、音樂收益、以 Niconico 帳號連動的登錄其他網站服務被迫暫停。超過二十五萬人的個資遭外洩，其中包含創作者在內的用戶、往來客戶及內部員工。連書籍製作、物流系統都遭到波及，出貨量僅剩平常的三分之一。

六月中旬，角川集團發布最新聲明。除集團社長錄製影片致歉外，也宣布成立對策本部，竭盡全力修復相關系統。並加快腳步釐清遭受攻擊的原因、受害範圍。聲稱犯案的俄羅斯駭客集團則在六月底揚言，若不支付贖金，七月起將公布竊取的資料內容。七月一日晚間，暗網立即出現部分個資內容，不久便遭有心人士惡意散播至個人社群、匿名網站。短短幾天就高達四七三件。因此，角川於七月十二日再次緊急發表聲明向受害者致歉，更呼籲網友不要再轉發、下載。也要求網站經營者立刻刪除，並請貼文者提供情報來源。情節重大者，更不排除採取法律途徑。

經過兩個月的搶救修復後，「Niconico 動畫」於八月五日再次上線。書籍出貨等業務也於八月中恢復正常。但網站暫停運作的兩個月時間，角川集團預估將額外增加三十六億日圓的特別損失。用來重新建構、串連數百個系統的服務伺服器外，還有退還六至八月的會員費及網站創作者的相關補償等。

八月中旬為止，角川集團遭受大規模網路攻擊的原因、管道、方法仍尚未釐清，但據某大型網路安全公司的調查，極有可能是利用網路釣魚等攻擊竊取角川旗下多玩國員工帳號密碼，才導致如此嚴重的網攻事件。■

### 單字 CHECK！

**追い込む**（おいこむ） 動
逼入、趕進

**拡散する**（かくさんする） 動
散播

**取引先**（とりひきさき） 名
客戶

**出荷**（しゅっか） 名
出貨

**落ち込む**（おちこむ） 動
跌落

**充てる**（あてる） 動
用於、充當

### 句型 CHECK！

**ぶりに**
隔、睽違

例句

五年（ごねん）ぶりに映画館（えいがかん）に行（い）きました。
我睽違五年地去了電影院。

一年（いちねん）ぶりに会社（かいしゃ）に復帰（ふっき）した。
睽違一年回到職場。

# 法令の英訳にAI活用、対日投資の拡大促す

## ＡＩ翻譯加速海外對日投資

日本では海外企業の対日投資の拡大を受け、二〇〇九年に法務省が「日本法令外国語訳データベースシステム」を開設した。世界百以上の国や地域からアクセス可能で、二〇二一年度のアクセス数は一日あたり平均約十六万件だった。二〇二三年六月時点で検索が多かったのは銀行法、金融商品取引法、民事再生法など商業関連の法令で、中でも会社法の検索が最も多い。

日本の法令の数は約八千本ある。二〇二三年十一月末時点で九百十五本の法令の英訳が公開された。通常は府省庁が英訳原案を法務省に提出し、続いて法務省が英語を母国語とし、日米の法令に精通した専門家に委託して検査した上で公開する。しかし、府省庁の予算には限りがあり、民間業者に委託できる案件数は限られるため、府省庁の職員が通常業務の隙間時間に翻訳していることが多い。だが、法令は専門用語が多く文章構成が複雑なため、正確な英訳の作成は難しい。英訳原案の作成だけで二年を要し、システムで公開されるまで二年半かかっていた。

法務省が二〇一九年に開いた有識者会議では、「法令の英訳が最新のものでなければ、誤解を招きかねない」として、最新のＡＩ技術を活用して英訳作成の効率を向上させるべきとの提言がなされた。法務省は翻訳精度の検査などを行った末、二〇二二年度に東芝デジタルソリューションズの「法令翻訳システム」の導入を決定。二〇二三年四月から研究開発が進められてきた。

法令翻訳システムは、東芝デジタルソリューションズの「自然言語処理技術」や、NICT傘下の先進的音声翻訳研究開発推進センターの最新の「ニューラル翻訳モデル」を組み合わせており、編集機能も備えるため、法務省と他の府省庁の職員による確認が容易になる。職員らの負担軽減を図るとともに、英訳法令の公開までの作業時間を一年以内に短縮したい考えだ。法務省は二〇二三年十二月一日から試験運用を行っており、問題がなければ、四月から各省庁で本格運用を開始する。N

秋刀魚，在日本有「庶民美食」之美稱，秋季是最值得品嘗的季節，然而秋刀魚的漁獲量正逐年下滑。今年（二〇二四年）四月十五日，日本、中國、美國等九國參與的「北太平洋漁業委員會」中公布的資料提到，日本去年（二〇二三年）的漁獲量是史上第三低。近十年北太平洋海域整體漁獲量也已銳減至四分之一以下。近畿大學有路昌彥教授指出「地球環境的影響是最大關鍵。秋刀魚是順著親潮冷水海域洄游，但隨著親潮逐漸減弱，大量限縮了秋刀魚的棲息水域」。因此，參與「北太平洋漁業委員會」的各加盟國也同意縮減秋刀魚捕撈配額的上限。

另外，秋刀魚原本大多分布於日本的專屬經濟海域內，但隨黑潮威力增強，海水溫度逐年上升。秋刀魚只能移往更寒冷的水域，而跑到了各國都能自由捕撈的公海，導致日本漁獲量大減。種種因素讓原本被稱為「庶民美食」的秋刀魚，成為價格難以高攀的「高級魚」。為預防此一珍貴漁產資源某天面臨枯竭，日本更將希望寄託在秋刀魚的養殖技術上。

隨著今年八到十二月秋刀魚捕撈季的到來，日本「水產研究・教育機構」也預測了今年自北海道至千葉縣海域可捕撈的秋刀魚數量與大小。數量維持與去年相同的低水準。重量則為八十到一百克，比標準尺寸小了三到四成。研究機關並指出日本近海潮流變化、海水溫度上升及秋刀魚餌食的浮游生物減少，都是造成漁獲量不甚理想的原因。

不過，今年也傳來一個令人為之振奮的好消息，就是發現了位於北海道根室海域的秋刀魚漁場。這讓全國秋刀魚漁獲量位居第一的根室市花咲港，達到首次的捕獲量有六十七噸的成績，是去年的一百四十倍。拍賣價也降至去年的兩百分之一，讓民眾再次嘗到價格實惠的肥美秋刀魚。■

### 單字 CHECK！

**勢い**（いきお）名
勢力、威勢

**生息**（せいそく）名
棲息、生存

**かつて** 副
曾經

**迫る**（せま）動
逼近、鄰近

**加える**（くわ）動
加上

**誇る**（ほこ）動
誇耀、自豪

### 句型 CHECK！

～から～にかけて
從～到～

例句

**明日朝（あしたあさ）から晩（ばん）にかけて大雨（おおあめ）でしょう。**
明天從早到晚應該會下大雨。

**桜（さくら）は 3 月（さんがつ）から 5 月（ごがつ）にかけて咲（さ）きます。**
櫻花 3 月到 5 月會開花。

環境問題

# スポーツシューズをリサイクル、持続可能な未来を実現へ

## 運動鞋回收再利用，打造環保永續新未來

ドイツの調査によると、二〇二二年に世界で生産された靴は二百三十九億足で、うち九十五%以上、約二千トン分が焼却や埋め立てで処分された。日本には、使用済みの靴を回収し、焼却処理する際に発生する熱エネルギーを回収して利用する「熱回収」で地球環境保護に取り組む靴メーカーもある。

靴は一般的に、上部の立体を維持するため、数十種類の素材を複雑に組み合わせて作られている。さらに、上部と靴底は剥がれにくくなっており、回収やリサイクルの環境が整っていない。

環境保護の意識が高まる中、大手スポーツ用品ブランドはシューズの回収、再利用に取り組んでいる。アシックスは今年（二〇二四年）四月、リサイクル可能なランニングシューズを発売した。三年七カ月かけて開発したもので、二つの独自技術を採用した。一つは、上部の素材にポリエステルのみを使用する技術で、回収後に靴紐や通し穴などの素材を別々に分ける手間が省ける。また、上部を粒状に砕いた後、靴などの生地に再生可能だ。もう一つの独自技術は、「マイクロバルーン」と呼ばれる接着剤だ。マイクロバルーンは加熱すると体積がおよそ百倍に膨張し、接着面に隙間が生まれることで、上部と靴底を分離しやすくなる。分離した靴底は粉砕し、運動用マットなどの素材として再利用できる。

スイスのスポーツブランド、Onは、リサイクルのためのサブスクリプションサービスを開始した。半年ごとに使用済みの靴を返送すると、「トウゴマ」の種から抽出したバイオプラスチックで作られた新しい靴が届けられる仕組みだ。回収した靴の約九割は靴の素材として再利用できる。

米国のスポーツブランド最大手、ナイキは、二〇二二年から接着剤なしでも耐久性と機能性を維持できるシューズを販売している。使用後はパーツごとにリサイクル可能だ。

しかし、脱炭素社会を実現するためには、「靴は履きつぶしたら捨てる」という考え方を消費者が見直すことが最も大切だ。Ⓝ

德國調查指出，二〇二二年全球生產出的鞋子高達兩百三十九億雙。其中有超過九成五，約兩千噸的舊鞋只能以焚化、掩埋的方式處理。目前日本有鞋業廠商收取民眾不要的舊鞋，並以「熱回收（將舊鞋焚化後產生的熱能回收再利用）」。盼能為地球貢獻一份心力。

鞋類只能直接丟棄是由於為了維持鞋面的立體性，通常需要使用數十種的材質，組成十分複雜。此外，鞋面與鞋底不易拆解。回收再利用的程序也尚未完備。

隨著環保意識的日益抬頭，知名運動品牌開始集思廣益，思考如何打造出可回收再利用的運動鞋。今年（二〇二四年）四月，亞瑟士推出了耗時三年七個月研發的環保慢跑鞋。這款慢跑鞋具備了兩大獨家技術，第一是鞋面只採用「聚酯纖維」這款材質，減少回收時必須將鞋帶、鞋帶孔等不同材質個別分解的工序與時間。將鞋面磨成顆粒後，再將其轉化成可製成鞋類等的原料。另一個獨家技術是使用了名為「玻璃微球」的鞋用強力膠。加熱後膨脹百倍的「玻璃微球」，會讓強力膠產生空隙，如此一來鞋面與鞋底就變得好拆解。而舊鞋底經磨碎加工後，可作為健身墊等的原料。

除了日本品牌外，瑞士的「On」則提供類似「訂閱制」的服務方式，每半年將舊鞋送回公司，就能拿到一雙新運動鞋。此一服務提供的鞋類是以「蓖麻」種子萃取出的生質塑膠製作而成。因此，舊鞋回收後，約九成都轉為製鞋原料再次重生。

美國最大運動品牌「NIKE」也不落人後。二〇二二年推出了一款無需使用強力膠也能維持其耐久性與機能性的運動鞋。舊鞋也能分門別類進行回收。

最後，最重要的還是消費者也得擺脫「鞋子穿壞，丟掉就好」的傳統觀念，才能攜手邁向環保永續的「無碳社會」。■

### 單字 CHECK!

**処分する**（しょぶん）動
處理掉

**メーカー** 名
製造商

**組み合わせる**（くあ）動
組合

**手間**（てま）名
工序、勞力與時間

**生地**（きじ）名
材質、質地

**パーツ** 名
部件、零件

### 句型 CHECK!

**際に**（さい）
的時候

例句

**店を出る際に、忘れ物をしないでください。**（みせ・で・さい・わす・もの）
離開店的時候不要忘記東西。

**出張の際にパスポートを更新しました。**（しゅっちょう・さい・こうしん）
出差的時候更換了護照。

環境問題

# 森林環境税、二〇二四年から徴収開始

## 森林保護税於二〇二四年起正式開徵

森林には水と土壌の保全、地球温暖化の抑制、生物多様性の保全など様々な機能がある。日本の森林面積は約二五〇五万ヘクタールで、国土の三分の二を占める。先進国の中ではフィンランドに次いで二番目に森林率が高い。

日本では近年、林業の人手不足により境界の不明な森林が増え、森林の管理、維持が難しくなっている。また、パリ協定で定められた「温室効果ガスの排出削減」目標の達成に向けた取り組みを進めるために、各自治体には安定財源が必要だ。このため、日本では二〇一九年三月に「森林環境税及び森林環境譲与税に関する法律」が成立した。日本に住む住民税の課税対象者六千二百万人から「森林環境税」として一人あたり年間千円を徴収するもので、年間約六百二十億円の税収が見込まれる。徴収した税は「森林環境譲与税」として、私有林人工林の面積、人口、林業の就業者数に応じて自治体に分配する。分配された譲与税は伐採などの森林整備、人材の育成、国産木材の使用などの事業に活用できる。

ただし、消費税が八%から十%に引き上げられたこともあり、国民の負担を考慮して森林環境税の徴収は二〇二四年に延期された。しかし、森林保全などの事業は先延ばしできない状況のため、先行的に国庫から捻出する形で自治体に森林環境譲与税が交付されてきた。総務省と林野庁によると、二〇二二年度までに交付された額は計約千五百億円だ。

今年（二〇二四年）六月、森林環境税を記載した住民税納入通知書の発送後、インターネット上では「何に使うんだ？」「地元に森林なんかないし」といった声が広がった。東京経済大学の佐藤一光教授は、所得に応じて徴収額を増減すべきであるほか、森林環境税が植林や伐採、労働環境の改善などに使用されていることが分かるよう情報を公開する必要があると指摘した。総務省は自治体に対し、森林環境税として集められたお金の使いみちをインターネットで公表するよう義務づけている。Ⓝ

森林具有水土保育、減緩地球暖化、維持生物多樣性等功能。日本森林面積約兩千五百零五萬公頃，佔國土面積的三分之二。近七成的森林覆蓋率是先進國家中的第二名，僅次於芬蘭。

近年因從事林業的人手不足，邊界不明的森林與日俱增，造成經營管理及維護上的問題。此外，為實踐巴黎協定架構下「溫室氣體減量」的目標，地方政府必須要擁有穩定財源才能推動相關計畫。因此，日本政府於二○一九年三月擬定「森林保護稅及森林環境讓與稅相關法律」。透過「森林環境稅」，每年向定居日本，須支付住民稅的六二○○萬人口，每人徵收一○○○日圓，總計下來每年會可增加六百二十億的稅收。接著再依各地「私有人工林面積」、「人口數」、「林業就業人數」的比例，以「森林環境讓與稅」的名義撥款，讓地方政府得以推動疏伐等林場維護、人才培養、提升國產木材使用率等工作。

然而，因消費稅也將從百分之八調整為百分之十。中央政府為顧及人民感受，決定將「森林保護稅」延後至二○二四年。但森林保育等工作刻不容緩，因此先由國庫撥款，讓地方政府得以運用「森林環境讓與稅」。根據日本總務省與林野廳統計，至二○二二年度為止，撥給各地政府的金額共計一千五百億日圓。

今年（二○二四年）六月，收到列有「森林環境稅」的住民稅通知單後，仍引發了網路上包括「這稅金是要用在哪啊？」、「我住的地方根本就沒半片森林啊！」等質疑。面對這些質疑，東京經濟大學的佐藤一光教授認為，除了「開徵稅金需依所得高低進行調整」外，中央政府的資訊必須公開透明，讓民眾清楚了解到這些稅金確實用在植林、疏伐、改善勞動環境等方向。因此，總務省明定地方政府有義務將稅金流向公開上網。■

## 單字 CHECK!

**地球温暖化**（ちきゅうおんだんか） 名
全球暖化

**先行的に**（せんこうてき） 副
優先

**機能**（きのう） 名
功能

**増減する**（ぞうげん） 動
增減

**先延ばし**（さきの） 名
推延、推遲

**公表する**（こうひょう） 動
公佈、發表

## 句型 CHECK!

といった
名為／像是～等的（複數列舉，還有其他）

例句

**日本**（にほん）**や韓国**（かんこく）**といった国**（くに）**は台湾人**（たいわんじん）**に人気**（にんき）**があります。**
像是日本、韓國等的國家在台灣人之中很有人氣。

**タイやベトナムといった国**（くに）**の料理**（りょうり）**が好**（す）**きです。**
我喜歡泰國、越南等國家的料理。

環境問題

# 熱中症の搬送者数、二〇四〇年に倍増へ

## 二〇四〇年中暑人數倍增

日本では毎年、夏の暑さの記録が更新される。福岡県太宰府市では二〇二四年八月二十一日で最高気温が三十五度を超える猛暑日が三十四日連続となり、過去最長記録をさらに更新した。以前の最長記録は岡山県高梁市が二〇二〇年に記録した二十四日連続だった。ここ十年は静岡、埼玉、群馬、福島などの県で四十度以上の気温が観測されており、熱中症の搬送者数、死亡者数は年々増えている。

環境省と気象庁は危険な暑さへの注意を呼び掛け、熱中症対策を促すため、二〇二〇年七月から関東甲信地方を対象に「熱中症警戒アラート」の試行を実施し、二〇二一年四月から全国を対象に運用を開始した。熱中症警戒アラートが発令されたら、不要不急の外出は避ける、屋外での長時間の作業はやめる、こまめに水分、塩分を補給する、屋内でもクーラーを使用するなどの対策が重要になる。

今年（二〇二四年）四月中旬、名古屋工業大学工学研究科の平田晃正教授と海洋研究開発機構との共同研究チームが、科学的な研究に関する国際的な定期刊行誌『エンバイロメンタル・リサーチ』に「二〇四〇年の気候、人口動態などの予測データに基づくと、熱中症の搬送者数は現在の約二倍に増える」とのシミュレーション結果を発表した。東京や大阪などの大都市では、二〇四〇年の平均気温は二〇一三～一九年より約一・六度上昇し、七、八月の熱中症の搬送者数は東京で二〇一〇年の一日あたり六十五人から百三十二人に、大阪では五十九人から百三人に増える見通しだ。

平田教授は取材で、地球温暖化と高齢化が要因だと指摘した。高齢者は暑さに対する感度が低く、若者より熱中症になりやすい。このため、高齢化社会では熱中症の搬送者数が増加することになる。

この場合、真夏日には医療資源がひっ迫する可能性がある。研究チームは政府や民間機関に対し、医療体制の早期整備と、普及啓発活動を通じて熱中症の深刻さを伝え、警戒を促すよう呼び掛けている。Ⓝ

日本每年夏天氣溫屢創新高！福岡縣太宰府市甚至出現了連續三十四天氣溫超過攝氏三十五度的「猛暑日」（截至八月二十一日），一舉打破二〇二〇年岡山縣高粱市持續二十四天「猛暑日」的紀錄。近十年，靜岡、琦玉、群馬、福島等縣觀測到四十度以上的高溫。因此，高溫中暑送醫、死亡的人數更是逐年增加。有鑑於此，日本氣象廳與環境省為了提醒日本民眾，注意高溫避免中暑，於二〇二〇年七月起於關東甲信地區實行「中暑警報」。並於二〇二一年四月於日本全國正式實施。警報發布時，民眾要盡量避免非必要且長時間的戶外活動。並適時補充水分、鹽分，待在室內也要開冷氣等因應對策。

今年（二〇二四年）四月中旬，由名古屋工業大學工業研究科的平田晃正教授，與海洋研究開發機構所組成的研究團隊，在國際科學研究期刊《Environmental Research》上發表了「以二〇四〇年的氣象條件、人口動態調查等數據，推算出因中暑送醫的人數會是目前的兩倍」的研究報告。以東京、大阪等大都市為例，二〇四〇年的平均氣溫會比二〇一三至二〇一九年上升約一點六度。因此估算出東京七、八月的中暑送醫人數也會從二〇一〇年的一天六十五人增加到一百三十二人。大阪則會從五十九人上升到一百零三人。

平田教授受訪時指出，關鍵在於「地球暖化」與「人口老化」。老年人對高溫的感受能力較為遲鈍，比年輕人更容易中暑。因此，進入高齡化社會後，中暑送醫的人數也會隨之增加。

如此一來，只要進入盛夏時節，就有可能造成醫療資源的崩壞。因此，研究團隊也希望能藉此提醒相關政府、民間單位能及早建構完善的醫療體制。並且透過相關教育宣導，讓民眾能更加瞭解其嚴重性，隨時提高警覺，避免因中暑送醫。■

### 單字 CHECK！

ねっちゅうしょう
**熱中症** 名
中暑

ふようふきゅう
**不要不急** 名
非必要

ちゅうい
**注意** 名
注意、提醒

**シミュレーション** 名
模擬、試算

**アラート** 名
警報

かんど
**感度** 名
感受能力

### 句型 CHECK！

もと
**～に基づく**
基於

例句

けいけん　もと　ちゅうこく
**経験に基づいて忠告しました。**
基於經驗給予忠告。

ちょうさ　もと
**これは調査に基づいたデータです。**
這是基於調查得到的數據。

二〇〇七年日本骨科協會提出的「運動障礙症候群」，指的是隨年紀增長或因罹患疾病，人類的骨頭、關節、肌肉等「運動器官」功能逐漸衰退，進而讓站立、走路等動作出現異常。據統計，日本約有四千六百萬位成年人都出現類似情況。不過，近年卻出現在孩子身上。他們有著許多困擾，像是「姿勢不良」、「容易疲倦」、「肩膀僵硬，腰痛」、「跌倒時不會用手撐，直接臉部撞地」、「跪著擦地時，雙手無法支撐而跌倒在地」、「不太會蹲坐，因此討厭上蹲式廁所」、「容易骨折」等等。

引發「兒童運動障礙症候群」的原因，包括因從小就接觸手機、電玩遊戲，造成「姿勢不良」。安全的戶外遊戲場所日益減少，讓孩子缺乏運動。生活越便利，孩童們用到自己身體的機會就越少。若在最重要的成長期出現類似症狀，可能會導致關節相關疾病、骨質疏鬆等。不想辦法加以改善，嚴重的話將來甚至會臥床不起。

其實，還是有可以提前檢測的方法。第一，雙手往左右伸直，單腳站立超過五秒。第二，腳底緊貼地面往下蹲，不可中途停止或後傾。第三，雙手往上伸直，膝蓋不可彎曲。第四，身體前彎手指碰地時，膝蓋不彎曲。若無法做到其中一項，就有可能是「兒童運動障礙症候群」。根據日本琦玉縣的調查，無法做到其中一項的孩童超過四成。

若想進行改善，除了隨時提醒孩子縮下巴、縮肚子、不要駝背外，全家大小還可以一起來做體操！首先，將雙手放在後腦勺，雙腳與肩同寬。吸氣時手臂往後延伸，吐氣時則往前，藉此活動肩胛骨。再來是將雙手往上延伸，接著往前彎雙手摸地，做的時候不要駝背。最後將雙手往前延伸，屁股往後坐，類似「深蹲」的動作，要注意雙腳大拇趾都要緊貼地面。只要幾分鐘，持之以恆就會有明顯改善。

### 單字CHECK！

**提唱（ていしょう）する** 動
提出、提倡

**しゃがむ** 動
蹲下

**衰（おとろ）える** 動
衰退

**当（あ）てはまる** 動
適用、適合

**転（ころ）ぶ** 動
跌倒

**猫背（ねこぜ）** 名
駝背

### 句型CHECK！

**途中（とちゅう）**
中途

例句

**家（いえ）に帰（かえ）る途中（とちゅう）、スーパーに寄（よ）りました。**
在回家路上順道去一趟超市。

**授業（じゅぎょう）の途中（とちゅう）で居眠（いねむ）りしてしまった。**
在課堂上不小心睡著了。

# 児童生徒の自殺防止、NPOが拡張機能「SOSフィルター」開発

## 讓孩子不再求助無門的「SOS Filter」

厚生労働省の統計によると、日本では近年、児童生徒の自殺者数が増加傾向にあり、二〇二二年と二〇二三年はいずれも五百人を上回った。動機別では学校、健康、家庭の問題が上位三位を占めた。うち、二百六十一件は学業や進路の悩み、友人との交際問題（いじめを含む）が原因だった。

自殺防止に取り組むNPO法人「OVA」は、いじめや虐待を受けながら、助けを求めることができない児童生徒向けの拡張機能「SOSフィルター」を開発した。同様の機能はこれまでにも多く開発されていたが、児童生徒が学校で配備されるタブレットで「死にたい」などの言葉を検索すると、学校に通知が行ったり、ブロックしたりする機能だったため、児童生徒が不安になり、助けを求めることができなかった。また、これまでの機能の多くは導入費用がかかり、学校にとっては大きな負担となっていた。

SOSフィルターは無償で、個人情報が学校や管理者に通知されることもないため、児童生徒が安心して利用できる。これでは児童生徒を救えないと考える人もいるかもしれないが、SOSフィルターは児童生徒が自分から助けを求めたり、セルフケアの方法を学ぶのを支援するのが目的だとOVAは強調する。

SOSフィルターはグーグルクロームやマイクロソフトエッジを利用する端末にインストール可能。「自殺」「学校での人間関係」「家庭での人間関係」「性暴力」「自傷」「精神疾患」の六カテゴリーで計四千七百九十六個のキーワードが登録されている。登録ワードを検索すると、内容に応じて相談窓口の情報のほか、「気持ちを書き出す」「保健室に行ってみる」といったセルフケアの方法が自動で表示され、児童生徒が自分でストレスに対処する術を見つけることができる。また、周囲の人にどう相談をしたらいいか、相談する時はどんな準備をすると安心かといった「コツ」も紹介し、児童生徒が助けを求めやすくしている。

OVAの伊藤次郎代表は「検索される言葉は、周囲には言えず、インターネットに頼らざるを得ないSOSのサインだ。子供たちが生きるための支援につながるよう活用してほしい」と述べた。Ⓝ

從日本厚生勞働省公布的統計資料，可以看出近年日本中小學生自殺人數呈上升趨勢。二〇二二與二〇二三年都超過五百人。學校、健康及家庭問題，位居中小學生選擇走上絕路的動機前三名。其中有兩百六十一例都是因在學校面臨課業、未來發展、與朋友間的不和(包含霸凌)等問題而選擇結束生命。

有鑑於此，致力於預防自殺相關議題的NPO團體「OVA」，為遭受霸凌、虐待卻求助無門的中小學生研發了一款全新擴充功能—「SOS Filter」。雖然過去早已研發出多款類似的搜尋工具，但當學生利用學校發放的平板上網搜尋「好想死」等關鍵字，就會立刻通知學校，又或者是直接封鎖無法查詢。這些讓學生心生疑慮，無法安心求助。除此之外，這些功能多半都需支付費用，對學校來說，是一筆不小的負擔。

而OVA研發的這款「SOS Filter」，完全免費。也不會將個人資料傳給學校或系統管理人員，讓學生能安心使用。或許有人會擔心這樣根本救不了孩子，但OVA強調這款擴充功能的目的是為了提升學生主動求援以及學會自我照顧。

這款可安裝於「GoogleChrome」與「Microsoft Edge」的擴充功能設有「自殺」、「學校人際關係」、「家庭人際關係」、「性暴力」、「自殘」、「精神疾病」等範疇相關的四千七百九十六個關鍵字。只要一輸入，「SOS Filter」就會自動推播相關的諮詢管道，並提供「寫下自己的心情」、「到保健室休息一下」等自我照顧的方式。讓學生了解該如何與壓力共處。另外，也會傳授該如何跟身邊的人求援、做好哪些準備諮詢時，會比較放心等「小訣竅」。讓孩子們不再孤立無援。

OVA代表伊藤次郎先生表示：「這些都是孩子們不敢開口，只能上網搜尋的求救訊號。所以，希望相關單位都能善加利用，協助孩子找到活下去的勇氣」。

### 單字 CHECK!

**悩み(なや)** 名
煩惱

**利用する(りよう)** 動
使用、利用

**いじめ** 名
欺負

**カテゴリー** 名
範疇、類別

**無償(むしょう)** 名
免費

**コツ** 名
訣竅

### 句型 CHECK!

いずれも
都

例句

**プランAとプランBはいずれもコストがかかりすぎます。**
A方案和B方案都太花成本了。

**いずれも正解(せいかい)です。**
不管哪個都是正確答案。

# 第百回箱根駅伝、門戸開放も関東勢の強さ変わらず

## 箱根驛傳百年廣發英雄帖 關東區仍占鰲頭

「感動の瞬間です！青山学院大学が優勝です！」。日本では一月一日のめでたい元旦を迎えた翌日の二日と三日に箱根駅伝が開催される。二〇二四年は第百回を迎え、青山学院大が大本命の駒沢大を追い抜いて優勝した。寒風が吹きすさぶ中も熱く盛り上がり、近年で最も刺激的な大会となった。

一区では駒沢大の選手と駿河台大のケニア人留学生が先頭を争い、青山学院大は後方につけていたが、青山学院大の二区・黒田朝日が九位でたすきを受け取ると、七人を抜いて二位でたすきをつなぎ、三区で青山学院大と駒沢大のトップ争いとなった。最初は駒沢大のエースが安定したリードを保っていたが、青山学院大の太田蒼生選手が途中から一気に加速して追い抜き、その後もリードを広げた。太田選手は三区（二十一・四キロメートル）を五十九分四十七秒で走破し、日本人として初めて一時間を切った。

箱根駅伝は学生が参加する世界最長のリレー競争で、マラソン選手を育成するための大会でもある。東京から箱根に向かう初日の往路と、箱根から東京に向かう二日目の復路があり、総距離は約二百十七キロメートル。往路は一～五区、復路は六～十区の計十区あり、一チーム十人が走る。一人が走る距離は平均二十一キロメートルで、ハーフマラソンの距離に相当する。

箱根駅伝には前年大会でシード権を獲得した上位十校と、予選会を通過した十校、および予選会を通過しなかった大学の記録上位者から選ばれる関東学生連合を加えた合計二十一チームが出場する。以前は関東学生陸上競技連盟加盟大学のみが参加できたが、第百回の記念大会では参加資格が日本学生陸上競技連盟に所属する大学に拡大され、予選会通過チームは十三校に増え、関東学生連合チームは編成されなかった。関西や北海道、九州などの計十一校が予選会に出場したが、関東以外で最上位の二十七位となった京都産業大を含め、いずれも本大会に出場できず、関東の大学の強さを証明する結果となった。

「令人感動的時刻，青山學院大學奪下冠軍！」日本每年歡喜迎接元旦的隔天，箱根驛傳接力賽緊接著在二日及三日登場。二〇二四年適逢箱根驛傳滿一百屆，也是近年賽況最刺激的一場，青山學院大學反超奪冠大熱門的駒澤大學，即便在寒風中仍讓人熱血沸騰！

駒澤大學第一棒選手先是與駿河台大學的肯亞留學生爭搶第一，這時青山學院大學還落在後頭。沒想到青山學院大學第二棒選手黑田朝日超水準發揮，硬是從第九追到了第二，來到第三棒更成了青山學院大學與駒澤大學爭高下的局面。起先駒澤大學王牌選手穩穩領先，但中途青山學院大學的太田蒼生選手瞬間加速反超，之後更逐漸拉開距離。這段廿一點四公里的區間，太田蒼生僅用五十九分四十七秒跑完，這是首度有日本選手花不到一小時跑完，創下紀錄！

箱根驛傳是全世界距離最長的學生接力賽，也是培育日本長跑菁英的搖籃。比賽第一天從東京跑向箱根，第二天再跑回東京，全程約兩百一十七公里。去程分為一到五區，回程為六到十區，一隊派出十位選手參賽，平均每人要跑廿一公里，相當於一趟半程馬拉松。

每年共廿一支隊伍參賽，包括上一屆前十名的大學直接晉級下屆種子隊，加上通過預賽的十所大學，以及一支由預賽落選學校的優異選手組成的「關東學生聯合隊」。以往參賽資格僅限關東學生田徑聯盟所屬成員，不過為了紀念今年第一百屆大賽，特別廣發英雄帖，邀請全日本學生田徑聯合會成員共襄盛舉。不但預賽晉級隊伍數從十增加為十三，也取消了關東學生聯合隊。吸引關西，北海道及九州等共十一校前來挑戰，然而全員鎩羽而歸，以京都產業大學在預賽中排名第廿七最佳，顯見關東地區學校實力有多堅強！■

### 單字 CHECK!

**めでたい** 形
可喜可賀的

**追（お）い抜（ぬ）く** 動
追過、超過

**盛（も）り上（あ）がる** 動
氣氛高漲

**安定（あんてい）する** 動
穩定

**一気（いっき）に** 副
一口氣

**および** 接
和

### 句型 CHECK!

**のみ**
只

例句

**支払（しはら）いは現金（げんきん）のみになります。**
只接受現金支付。

**ここへの立（た）ち入（い）りは関係者（かんけいしゃ）のみ許可（きょか）されます。**
這裡只允許相關人員進入。

對日本文學略有接觸的人，想必都對歷史悠久的日本文學大獎「芥川賞」與「直木賞」並不陌生吧！由雜誌《文藝春秋》的創辦人暨當代知名作家—菊池寬，在一九三五年時，為紀念其英年早逝的文壇好友「芥川龍之介」與「直木三十五」設立。芥川賞是為鼓勵新進作家的純文學創作；直木賞則是頒給已有相關出版品的大眾文學作家。每年會舉辦兩次選拔，七月中旬公布上半年度得獎作品；隔年一月則宣布下半年度的得獎作品。每次公布得獎名單時，都會引發不小的話題，甚至有些會將作品翻拍成電影，透過影像讓更多人了解日本文學之美。

特別的是其遴選方式並非透過徵件報名，而是評審委員會自行挑選作品。經過多次討論後決定得獎名單。得獎作家除了能獲得百萬日圓的獎金外，芥川賞得主還能得到一支「懷錶」。據說是菊池寬認為當時的新進作家手頭並不寬裕，為堅持理想讓生活陷入困境時，就能典當換現。

臺灣讀者熟悉的日本作家如《嫌疑犯X的獻身》的東野圭吾、《蜜蜂與遠雷》的恩田陸、《少年與狗》的馳星周、《本命，燃燒》的宇佐見鈴，以及日本搞笑藝人—又吉直樹等人都曾是芥川賞、直木賞得主。不過，得獎者不僅限於日本人，旅日的臺籍作家東山彰良就曾以一九七五年的台北為故事背景的《流》獲得二〇一五年的直木賞。李琴峰則於二〇二一年以《彼岸花盛開之時》成為首位獲得芥川賞的臺灣作家。

今年（二〇二四年）的芥川賞與直木賞也已於一月十七日、七月十七日公布得獎名單。《鹿男》、《豐臣公主》等多部改編成連續劇、電影等經典作品的萬城目學為第一百七十屆的直木賞得主。此外，隨著時代演進，文學創作也與AI科技相互結合。芥川賞得主—九段理江，在受訪時提到有百分之五的文字是直接引用「ChatGPT」生成的內文。■

### 單字 CHECK!

**触(ふ)れる** 動
接觸

**貧(まず)しい** 形
貧困的

**悠久(ゆうきゅう)** 形
悠久的

**馴染(なじ)み深(ぶか)い** 形
熟悉的

**懐中時計(かいちゅうどけい)** 名
懷錶

**手(て)を組(く)む** 動
聯手

### 句型 CHECK!

おそらく
恐怕

例句

**おそらくそれは無理(むり)でしょう。**
恐怕那個是沒有辦法的。

**彼(かれ)はおそらく来(こ)ないでしょう。**
他恐怕是不會來了。

推薦 1

## 君が心をくれたから
## 因為你把心給了我

「如果妳願意獻出心靈，我可以創造奇蹟。」

《因為你把心給了我》由新生代甜美女星永野芽郁擔綱，飾演名字帶「雨」字、缺乏自信的女主角，因緣際會遇上名為「太陽」的爽朗男主角，看似純愛浪漫的設定，實際上卻是一段加入了奇幻元素的悲傷戀曲。

女主角逢原雨從東京返回故鄉長崎，偶然與高中學長朝野太陽重逢，然而重逢的喜悅轉瞬卻是太陽因車禍生命垂危。雨悲痛之際，突然自稱「引路人」的神祕男子出現，表示能行「奇蹟」救回太陽，但代價是雨將在三個月內，逐一失去味覺、嗅覺等五種感官，過程讓觀眾直呼不捨。不料劇情尾聲出現大逆轉，試圖探問世界上真的有「奇蹟」嗎。永野芽郁曾以「仙女式哭泣」受網友稱讚，本劇中她再次展現優雅哭功，緊抓觀眾的心。

推薦 2

## Eye Love You

### Eye Love You

《Eye Love You》可說是今年最甜蜜的奇幻愛情喜劇！演技派女星二階堂富美與韓國新生代演員蔡鍾協，在劇中大談日韓跨國戀！女主角本宮侑里因幼時一場意外能聽到他人心聲，她也善用這能力努力開拓自己的巧克力事業。因為工作繁忙她經常叫外送，巧遇韓國留學生外送員尹泰晤，沒想到這回她的讀心術踢到鐵板，因為泰晤心中的聲音是韓文！

這樣的設定讓不少觀眾大呼驚喜，正因為侑里聽不懂，對泰晤更加好奇，彼此已互相萌生好感。然而，侑里的工作夥伴花岡彰人（中川大志飾）多年來也一直在她身邊默默守護。本劇綜合了日韓劇的特長，有日劇一貫的細膩，也有韓劇對男女情感關係的精采琢磨，場景安排也下足功夫，烘托男女主角甜蜜的粉紅泡泡。

推薦 3

## 不適切にもほどがある！

### 極度不妥！

三十多年來，日本有多大改變？現代真的比較好嗎？《極度不妥》讓生活在昭和年代的中學老師小川市郎穿越時空來回答！小川市郎奉行斯巴達式打罵教育，在學校有「來自地獄的小川」稱號，不過唯一的女兒卻是不良少女，經常鬥嘴的兩人生活在一九八六年。某天小川意外搭上實為時光機的公車，來到二〇二四年的令和時代。

這位昭和大叔像往常一樣在公車上抽菸、對女性出言不遜，行為「極度不妥」，也因為沒見過智慧型手機鬧笑話。同時間，社會學者向坂女士帶兒子回到昭和年代，然而令和的觀念在一九八六年同樣「不妥」，有理說不清。過去與現代兩組人馬，在鬼才編劇宮藤官九郎的巧妙安排下命運交會、相互影響，劇情融入親情與愛情，可說是懷舊又充滿創意的穿越劇！

推薦

4

## 忍びの家 House of Ninjas
### 忍者之家

如果現代忍者仍暗中活動，會是怎樣的世界？日劇《忍者之家》由男星賀來賢人提案並親自領銜，打造東洋版特務家庭。本劇在Netflix播映首週就躍上十六國排行冠軍，也闖入九十二國前十名，日本神祕的忍者文化拍成影集，成功吸引海外觀眾目光。

俵家三代六口，父親苦撐經營財務不佳的清酒廠，賀來賢人飾演的次子，卻寧願機械式地從事自動販賣機的補貨工作，也不願繼承家業。這家人表面看似普通，但實際上身懷忍術絕技，是傳奇忍者服部半藏的後代，為日本政府執行多項祕密任務！直到六年前，俵家父親在任務中痛失長子，決定全家引退過普通生活。但傷痛與失去生活目標，也讓這家人私底下分裂不睦。直到六年後，一起離奇的遊艇死亡事件讓他們重出江湖。

推薦

## 地面師たち
### 地面師

改編自真實詐欺事件的犯罪影集《地面師》，一開播便爆紅！本劇集結綾野剛、豐川悅司、北村一輝、小池榮子等實力派個性演員，飾演專門從事土地買賣詐欺的大膽騙徒。他們假冒有意出售土地的地主，利用偽造文件騙取高額買取土地的金錢，受害者直到辦理土地過戶時才發現上當，但地面師早已逃之夭夭。

劇情設定在二〇二〇東京奧運前，地價再度飆高之際，這群騙徒相中了東京最後大規模開發區中心的大片土地，開價百億日圓，準備大撈一筆！而這次的肥羊大型建商石洋房屋，也因內部權力鬥爭疏於審查而一步步落入陷阱。本劇詳細還原地面師集團的內部分工與詐騙過程，以及如何利用人性弱點引人上鉤，還要一邊跟警方鬥智，懸疑緊張，不到最後一刻無法預料結局。

推薦 6

## 海のはじまり
## 海的開始

二〇二二年串流平台重播次數打破歷年記錄、劇本書預購破十萬，造成社會現象的《silent》，二〇二三年由多部未華子、松下洸平等人主演，探討男女間的「友情」與「戀愛」的《至愛之花》。二〇二四年夏天，生方美久編劇再次講述家庭親情的全新日劇──《海的開始》，掀起日本社會不小的討論熱度。第九集尾聲，目黑蓮與有村架純飾演的男女主角，面對親情與愛情的困難抉擇時，更是造成網路上的熱烈迴響。

生方美久在採訪中提到，這次的原創劇本沒有任何獨白或旁白，以留白的方式提供觀眾更多的思考空間。曾為護理人員的生方希望藉此提醒大家「癌症健檢」與「安全性行為」的重要外，也想告訴大家，有些家庭並沒有想像得那麼美好，「討厭家人也無所謂」。

推薦 7

## 笑うマトリョーシカ
## 微笑俄羅斯娃娃

《微笑俄羅斯娃娃》是改編自早見和真的同名小說，由水川麻美、玉山鐵二與櫻井翔聯合主演的人性政治懸疑日劇。開播前，曾因人氣偶像櫻井翔並非擔任主角，引發不小的話題。

水川麻美飾演的是追求真相新聞記者，櫻井翔與玉山鐵二則是扮演總是笑臉迎人的年輕政治家，與隨侍在旁但卻充滿謎團的政務秘書官。面對年輕政治家與優秀秘書看似天衣無縫卻奇妙的關係，以及隱藏榮光背後的多起不明死亡案件，擁有強大信念的記者決定找出深埋在種種陰謀，與對政治的慾望、野心之下的真相。

故事的推進宛如打開層層交疊的俄羅斯木製娃娃。而觀眾一步步靠近事實真相，謎底即將揭曉時，卻發現真兇其實另有其人。故事正式進入尾聲時，年輕政治家的微笑更是讓人看了不寒而慄！

## 어휘 詞彙

주제별로 선정된 목표 어휘를 그림과 함께 제시하여 의미를 유추할 수 있도록 구성하였다. 초급의 경우 번역을 함께 제시하여 학습자의 이해를 돕고자 하였다.

根據不同主題選擇目標單字，同時以圖片呈現，有助於推測單字意義。針對初級學習者額外提供翻譯，提高學習者的理解程度。

1-1 한국어를 배우려고 한국에 왔어요

我來韓國學韓文

詞彙 어휘

이야기해 보세요

▸ 학생 카드를 보면 뭘 알 수 있어요?

▸ 왜 한국어를 배워요?

| 성명 | 한글 | 왕 나나 | 사진 | |
|---|---|---|---|---|
| | 영어 | Nana Wang | | |
| 국적 | 중국 | | | |
| 생년월일 | 1997년 5월 4일 | | 성별 | □남 ☑여 |
| 연락처 | 이메일 | nana@snulei.com | | |
| | 전화번호 | 010-0880-5488 | | |
| | 주소 | 서울시 관악구 관악로 1 | | |
| 한국어를 배우는 목적 | □ 입학 □ 취직 □ 사업 □ 여행 ☑ 취미 | | | |

입학하다 취직하다 사업하다

취미

성명 姓名 국적 國籍 생년월일 生日

성별 性別 연락처 聯絡方式 이메일 電子郵件 목적 目的

입학하다 入學 취직하다 就業

사업하다 經商 취미 興趣

22 서울대 한국어+ Student's Book 2A | 1 소개

1-1 한국어를 배우려고 한국에 왔어요 23

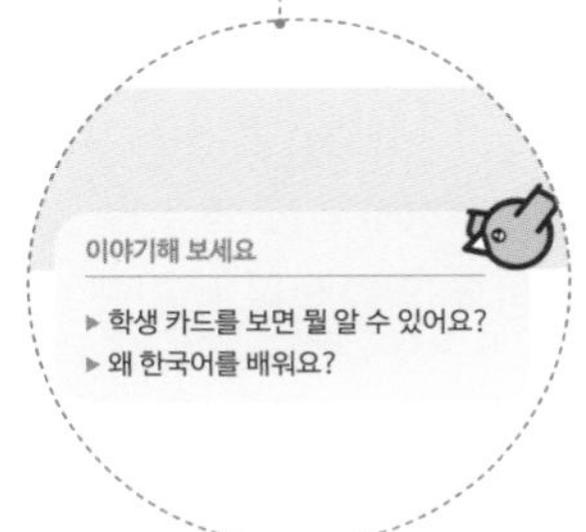

이야기해 보세요

▸ 학생 카드를 보면 뭘 알 수 있어요?

▸ 왜 한국어를 배워요?

어휘를 사용하여 간단한 질문에 답을 해 보면서 어휘의 형태적, 의미적 지식을 확인하게 한다.

活用單字回答簡單的問題，同時檢視自己是否了解單字的字形、字義。

## 말하기 會話

해당 과의 목표 문법과 표현 및 주제 어휘를 내재화할 수 있도록 대화문에 포함하여 제시하였다. 말하기는 1, 2, 3단계로 구성된다. 구체적으로는 목표 문법과 표현 및 주제 어휘를 포함한 대화문으로 교체 연습을 하는 '말하기 1·2'와 담화 연습인 '말하기 3'으로 이루어져 있다.

將該課目標文法和表現、主題詞彙融入對話中，使學習者深化知識。會話分為1、2、3個階段，「會話1、2」融入目標文法和表現、主題詞彙，進行替換練習，「會話3」則是對話練習。

### 말하기 1·2 會話1、2

어휘와 표현을 교체하여 목표 문법과 표현을 정확하게 익히고 '말하기 3'을 준비할 수 있도록 한다.

替換使用詞彙和表現，使學習者正確掌握目標文法與表現，為「會話3」暖身。

### 말하기 3 會話3

해당 과의 주제에 대한 대화문으로 학습자가 직접 구어 담화를 구성하는 연습으로 이어지도록 하였다.

利用與該課主題有關的對話，引導學習者實際練習口語對話。

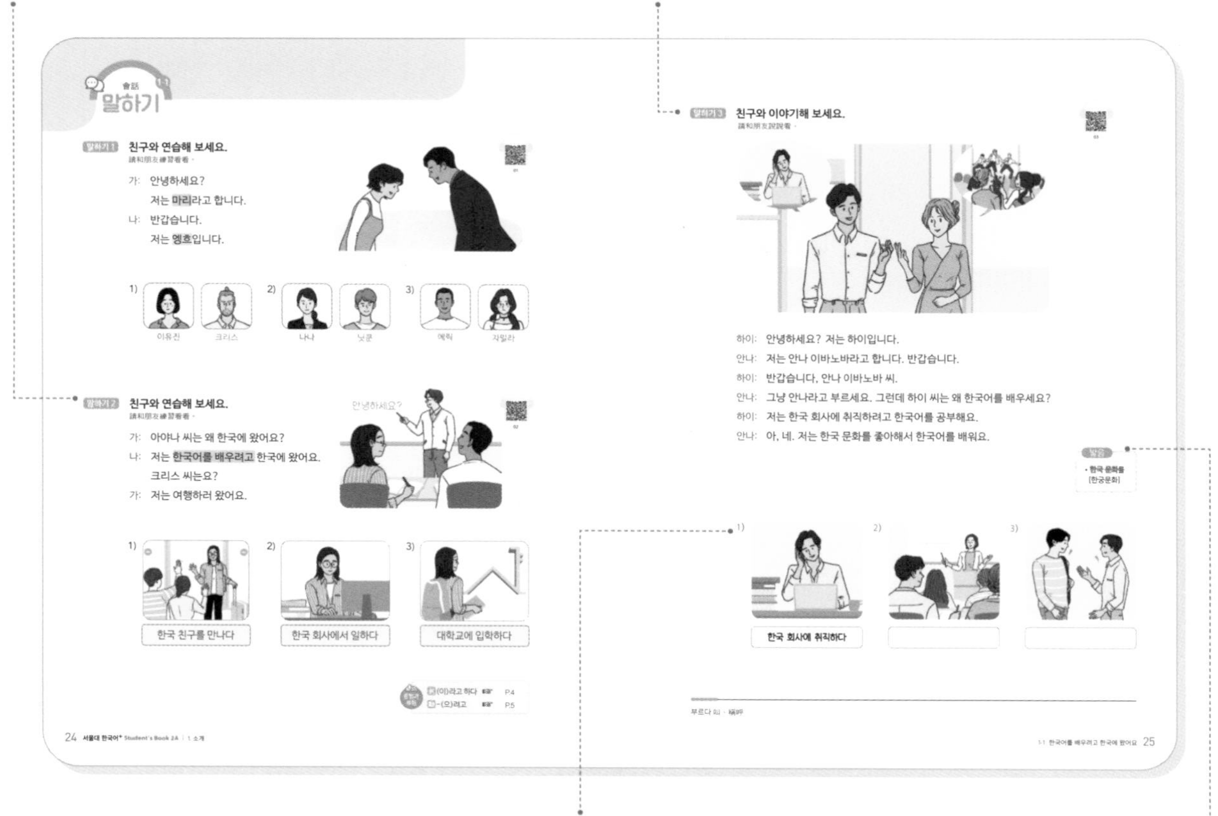

會話 말하기

말하기 1 친구와 연습해 보세요.
請和朋友練習看看。

가: 안녕하세요?
저는 마리라고 합니다.
나: 반갑습니다.
저는 엥흐입니다.

1) 이유진 크리스 2) 나나 닛쿤 3) 예릭 자밀라

말하기 2 친구와 연습해 보세요.
請和朋友練習看看。

가: 아야나 씨는 왜 한국에 왔어요?
나: 저는 한국어를 배우려고 한국에 왔어요.
크리스 씨는요?
가: 저는 여행하러 왔어요.

안녕하세요?

1) 한국 친구를 만나다 2) 한국 회사에서 일하다 3) 대학교에 입학하다

(이)라고 하다 P.4
-(으)려고 P.5

24 서울대 한국어+ Student's Book 2A | 1 소개

말하기 3 친구와 이야기해 보세요.
請和朋友說說看。

하이: 안녕하세요? 저는 하이입니다.
안나: 저는 안나 이바노바라고 합니다. 반갑습니다.
하이: 반갑습니다, 안나 이바노바 씨.
안나: 그냥 안나라고 부르세요. 그런데 하이 씨는 왜 한국어를 배우세요?
하이: 저는 한국 회사에 취직하려고 한국어를 공부해요.
안나: 아, 네. 저는 한국 문화를 좋아해서 한국어를 배워요.

발음
· 한국 문화를
[한궁문화]

1) 한국 회사에 취직하다 2) 3)

부르다 叫、稱呼

1-1 한국어를 배우려고 한국에 왔어요 25

학습자가 유의미한 담화를 구성할 수 있도록 2~3개의 상황 예시를 그림으로 제시하고 제시어를 보기로 주어 학습자가 유창하게 말할 수 있는 연습을 하도록 한다.

為使學習者創造有意義的對話，以圖片提示2~3種情境及相關詞彙，引導學習者練習說出更流暢的會話。

**발음** 주의해야 할 발음을 간단히 제시하여 발음의 정확성과 유창성을 높이도록 구성하였다.

發音 簡單提示需要注意的發音，藉此提高發音的正確度與流暢度。

## 듣기 聽力

'준비', '듣기 1·2'와 '말하기' 활동으로 구성된다.

分成「暖身」、「聽力1、2」和「會話」三部分。

### 준비 暖身

듣기 전 단계로, 들을 내용을 예측할 수 있는 질문이나 사진, 삽화 등을 제시하여 학습자의 배경지식을 활성화한다.

在進入聽力練習之前，先提供可以預測聽力內容的問題或照片、插圖等，激發學習者的背景知識。

### 듣기 聽力

듣기 단계는 듣기 1과 2로 구성하되 난이도에 따라 제시하였고 실제적이고 다양한 종류의 듣기 자료를 제시하여 학습자의 의사소통 능력 향상에 도움을 주고자 하였다. 듣기 단계에서는 들은 내용을 확인하는 문제를 제시하여 학습자 스스로 이해도를 점검해 볼 수 있도록 하였다.

聽力階段根據難度分為「聽力1」與「聽力2」，提供各種實用且多元的聽力資料，希望有助於提高學習者的溝通能力。聽力階段也提供有關聽力內容的問題，學習者可以自行檢測理解程度。

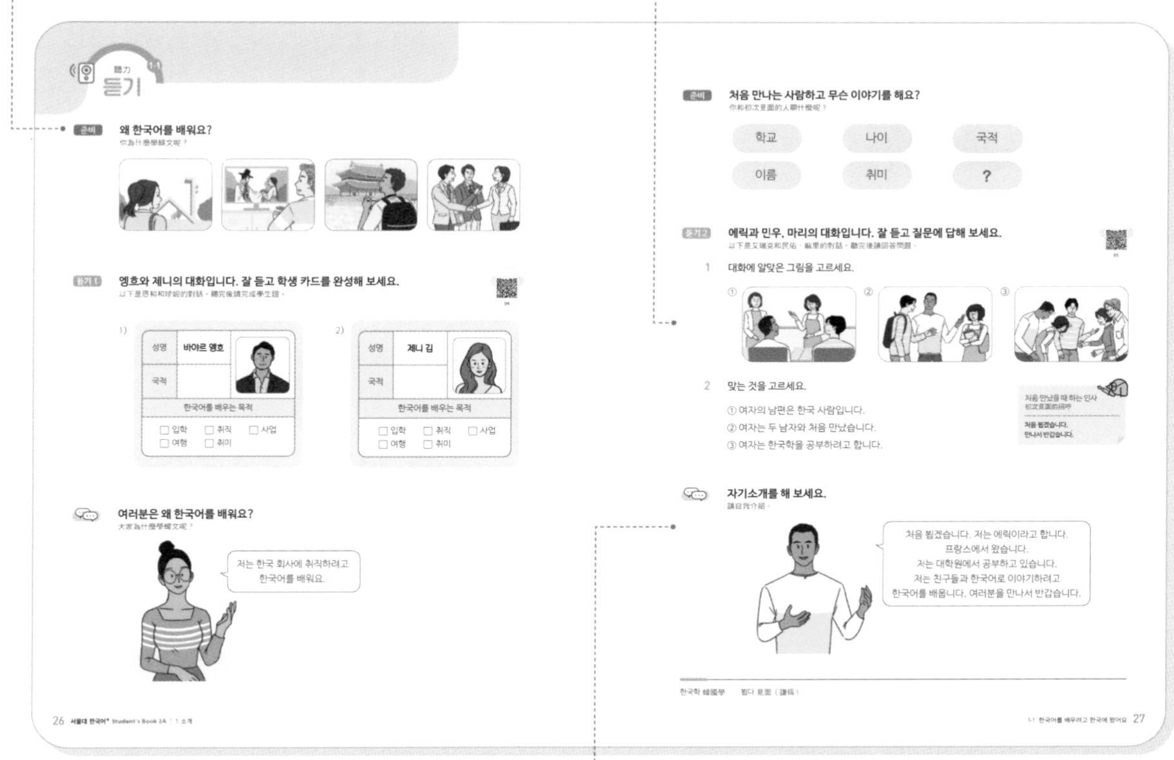

聽力 1-1
듣기

준비 왜 한국어를 배워요?
你為什麼學韓文呢？

듣기 1 엥흐와 제니의 대화입니다. 잘 듣고 학생 카드를 완성해 보세요.
以下是恩和和珍妮的對話。聽完後請完成學生證。

1)

| 성명 | 바야르 엥흐 |
| --- | --- |
| 국적 | |
| 한국어를 배우는 목적 | |
| □ 입학 □ 취직 □ 사업 □ 여행 □ 취미 | |

2)

| 성명 | 제니 김 |
| --- | --- |
| 국적 | |
| 한국어를 배우는 목적 | |
| □ 입학 □ 취직 □ 사업 □ 여행 □ 취미 | |

여러분은 왜 한국어를 배워요?
大家為什麼學韓文呢？



26 서울대 한국어+ Student's Book 2A

준비 처음 만나는 사람하고 무슨 이야기를 해요?
你和初次見面的人聊什麼呢？



듣기 2 에릭과 민우, 마리의 대화입니다. 잘 듣고 질문에 답해 보세요.
以下是艾瑞克和民佑、麻里的對話。聽完後請回答問題。

1 대화에 알맞은 그림을 고르세요.

①
②
③

2 맞는 것을 고르세요.

① 여자의 남편은 한국 사람입니다.
② 여자는 두 남자와 처음 만났습니다.
③ 여자는 한국학을 공부하려고 합니다.

처음 만났을 때 하는 인사
初次見面的招呼
처음 뵙겠습니다.
만나서 반갑습니다.

자기소개를 해 보세요.
請自我介紹。



한국학 韓國學 뵙다 見面（謙稱）

1-1 한국어를 배우려고 한국에 왔어요 27

### 말하기 會話

듣기 후 단계에서는 듣기의 주제 및 기능과 연계된 짧은 담화를 구성하게 하여 의사소통 능력을 향상하도록 하였다.

聽力練習結束後，會有和聽力的主題、技巧相關的短文，藉此提高學習者的溝通能力。

## 읽기 閱讀

'준비', '읽기 1·2'와 '말하기' 활동으로 구성된다.

分成「暖身」、「閱讀1、2」和「會話」三部分。

### 준비 暖身

읽기 전 단계로, 읽을 내용을 예측할 수 있는 질문이나 사진, 삽화 등을 제시하여 학습자의 배경지식을 활성화한다.

在進入閱讀練習之前，先提供可以預測閱讀內容的問題或照片、插圖等，激發學習者的背景知識。

### 읽기 閱讀

읽기 단계는 목표 문법과 표현이 포함된 읽기 1과 2로 구성하되 난이도에 따라 제시하였다. 또한 학습자의 수준에 맞는 실제적이고 다양한 종류의 텍스트를 제시한다. 또한 읽은 내용을 확인하는 문제를 제시하여 학습자 스스로 이해도를 점검해 볼 수 있도록 하였다.

閱讀階段根據難度分為「閱讀1」與「閱讀2」，融入目標文法和表現，並且提示各種實用多元、符合學習者程度的閱讀文章。閱讀階段也提供有關閱讀內容的問題，學習者可以自行檢測理解程度。

### 문법과 표현 文法與表現

학습자들이 문법과 표현을 참고할 수 있도록 별도로 구성된 책의 해당 페이지를 표시하였다.

標示另外編寫的文法說明冊對應頁數，方便學習者參考文法和表現。

### 말하기 會話

읽기 후 단계로, 읽기의 주제 및 기능과 연계된 담화를 구성해 보게 하였다. 또한 말하기 활동은 쓰기의 개요 구성으로 연결되어 쓰기와의 연계성을 높였다.

閱讀練習結束後，會有和閱讀的主題、技巧相關的短文。此外，會話與寫作也有關聯，能以此提升對寫作的理解。

## 쓰기 寫作

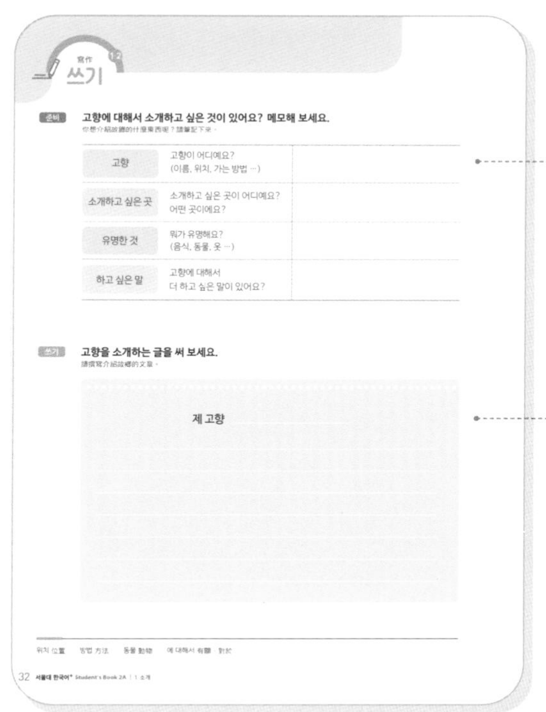

쓰기

준비 고향에 대해서 소개하고 싶은 것이 있어요? 메모해 보세요.

| | | |
|---|---|---|
| 고향 | 고향이 어디예요?<br>(이름, 위치, 가는 방법 ...) | |
| 소개하고 싶은 곳 | 소개하고 싶은 곳이 어디예요?<br>어떤 곳이에요? | |
| 유명한 것 | 뭐가 유명해요?<br>(음식, 동물, 옷 ...) | |
| 하고 싶은 말 | 고향에 대해서<br>더 하고 싶은 말이 있어요? | |

쓰기 고향을 소개하는 글을 써 보세요.

제 고향

'준비'와 '쓰기' 활동으로 구성된다.

分成「暖身」和「寫作」兩部分。

준비 暖身

쓰기 전 단계로, 실제 쓸 내용에 대한 개요를 작성해 보거나 쓸 내용을 구성할 수 있도록 생각을 여는 질문을 제시한다.

在進入寫作練習前，先提供學生啟發思考的問題，引導學生寫下預計撰寫內容的摘要，或構思預計撰寫內容。

쓰기 寫作

준비 단계에서 작성한 개요를 바탕으로 과정 중심 글쓰기 활동이 이루어지도록 구성하였다. 읽기 텍스트와 유사한 종류의 글을 쓰도록 구성하여 학습자들의 담화 쓰기 능력을 향상하고자 하였다.

根據暖身階段所寫的摘要，撰寫緊扣課程內容的文章。藉由撰寫與閱讀例文類型相似的文章，提高學習者撰寫文章的能力。

## 과제 課堂活動

과제

우리 반 친구를 소개해 보세요.

1 처음 만난 친구에 대해서 뭘 알고 싶어요?

이름 / 국적 / 나이 / 직업 / 한국어를 배우는 목적 / 고향

2 알고 싶은 것을 친구에게 물어보세요.



3 친구의 대답을 듣고 보기 와 같이 써 보세요.

3~4단계의 문제 해결형 과제로 구성된다. 학습자 간의 상호 작용을 통해 해당 단원에서 학습한 주제 어휘와 목표 문법을 내재화하고 언어 사용의 유창성을 키운다.

分成3~4個階段的解題型活動。透過學習者之間的互動，深化該單元學習到的主題詞彙和目標文法，培養語言使用的流暢性。

## 문화 文化

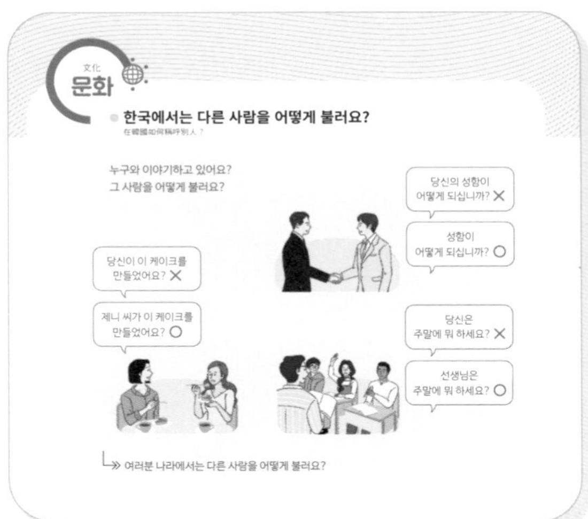


단원의 주제와 관련 있는 한국 문화 내용을 그림이나 사진과 함께 간단한 텍스트로 제시하여 한국 문화에 대한 이해를 넓힐 수 있게 구성하였고 상호 문화적인 접근이 가능하도록 하였다.

利用圖片和照片簡單提示與單元主題相關的韓國文化內容，擴大學習者對韓國文化的理解，促進雙方的跨文化認識。

## 발음 및 자기 평가 發音及自我評量

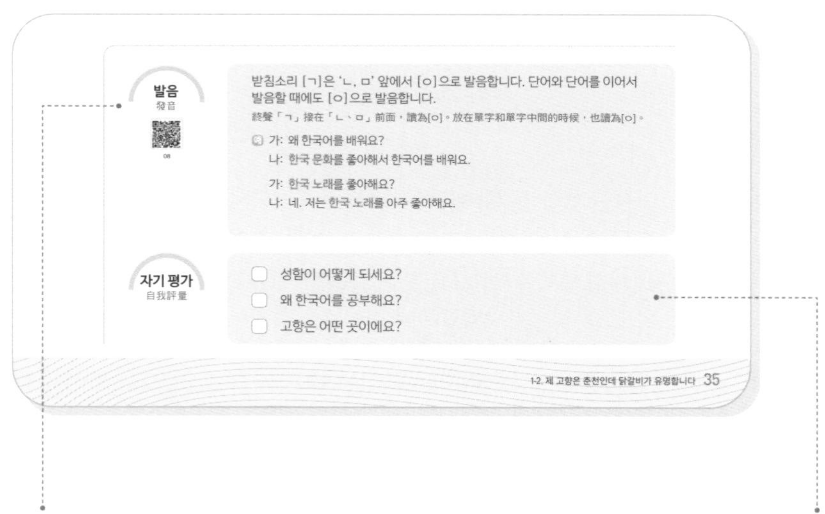


### 발음 發音

단원의 '말하기 3'과 관련 있는 음운 현상을 확인하고 대화 상황에서 연습하게 하였다.

查看單元中與「會話3」有關的音韻現象，試著在對話情境中練習。

### 자기 평가 自我評量

단원에서 학습한 어휘와 문법을 사용하여 질문에 답함으로써 학습 목표를 달성하였는지를 학습자 스스로 확인해 보도록 구성하였다.

利用在單元中學習到的詞彙和文法回答問題，學習者可以檢視自己是否達到了學習目標。

# 차례 目次



線上音檔 QRCode
使用說明：
① 掃描 QRCode→
② 回答問題→
③ 完成訂閱→
④ 聆聽書籍音檔。

## 이야기해 보세요

▶ 학생 카드를 보면 뭘 알 수 있어요?
▶ 왜 한국어를 배워요?

입학하다

취직하다

사업하다

취미

입학하다 入學
취직하다 就業
사업하다 經商
취미 興趣

## 말하기 1 친구와 연습해 보세요.

請和朋友練習看看。

가: 안녕하세요?
저는 마리라고 합니다.

나: 반갑습니다.
저는 엥흐입니다.

1)  이유진 / 크리스

2)  나나  닛쿤

3)  에릭  자밀라

## 말하기 2 친구와 연습해 보세요.

請和朋友練習看看。

가: 아야나 씨는 왜 한국에 왔어요?

나: 저는 한국어를 배우려고 한국에 왔어요.
크리스 씨는요?

가: 저는 여행하러 왔어요.

1) 
한국 친구를 만나다

2) 
한국 회사에서 일하다

3) 
대학교에 입학하다

名 (이)라고 하다 ☞ P.4
動 -(으)려고 ☞ P.5

**말하기 3** **친구와 이야기해 보세요.**

請和朋友說說看。

하이: 안녕하세요? 저는 하이입니다.

안나: 저는 안나 이바노바라고 합니다. 반갑습니다.

하이: 반갑습니다, 안나 이바노바 씨.

안나: 그냥 안나라고 부르세요. 그런데 하이 씨는 왜 한국어를 배우세요?

하이: 저는 한국 회사에 취직하려고 한국어를 공부해요.

안나: 아, 네. 저는 한국 문화를 좋아해서 한국어를 배워요.

**발음**

- 한국 문화를 [한궁문화]

1) 

한국 회사에 취직하다

2) 

3)  

부르다 叫、稱呼

**준비** **왜 한국어를 배워요?**
你為什麼學韓文呢？

**듣기 1** **엥흐와 제니의 대화입니다. 잘 듣고 학생 카드를 완성해 보세요.**
以下是恩和和珍妮的對話。聽完後請完成學生證。

1)

| 성명 | 바야르 엥흐 | |
|---|---|---|
| 국적 | | |
| 한국어를 배우는 목적 | | |
| □ 입학 □ 취직 □ 사업 □ 여행 □ 취미 | | |

2)

| 성명 | 제니 김 | |
|---|---|---|
| 국적 | | |
| 한국어를 배우는 목적 | | |
| □ 입학 □ 취직 □ 사업 □ 여행 □ 취미 | | |

**여러분은 왜 한국어를 배워요?**
大家為什麼學韓文呢？

## 준비 처음 만나는 사람하고 무슨 이야기를 해요?

你和初次見面的人聊什麼呢？

학교 | 나이 | 국적

이름 | 취미 | ?

## 듣기 2 에릭과 민우, 마리의 대화입니다. 잘 듣고 질문에 답해 보세요.

以下是艾瑞克和民佑、麻里的對話。聽完後請回答問題。

1 대화에 알맞은 그림을 고르세요.

① 

② 

③ 

2 맞는 것을 고르세요.

① 여자의 남편은 한국 사람입니다.

② 여자는 두 남자와 처음 만났습니다.

③ 여자는 한국학을 공부하려고 합니다.

> **처음 만났을 때 하는 인사**
> 初次見面的招呼
>
> 처음 뵙겠습니다.
> 만나서 반갑습니다.

## 자기소개를 해 보세요.

請自我介紹。

처음 뵙겠습니다. 저는 에릭이라고 합니다.
프랑스에서 왔습니다.
저는 대학원에서 공부하고 있습니다.
저는 친구들과 한국어로 이야기하려고
한국어를 배웁니다. 여러분을 만나서 반갑습니다.

---

한국학 韓國學　　뵙다 見面（謙稱）

1-2

# 제 고향은 춘천인데 닭갈비가 유명합니다

我的故鄉在春川，那裡辣炒雞很有名

북쪽

서쪽

동쪽

남쪽

산

바다

강

호수

도시

시골

섬

| | | | | |
|---|---|---|---|---|
| 동쪽 東邊 | 서쪽 西邊 | 남쪽 南邊 | 북쪽 北邊 | |
| 강 江 | 호수 湖泊 | 도시 都市 | 시골 鄉下 | 섬 島 |

## 이야기해 보세요

▶ 고향이 어디예요? 고향에 뭐가 있어요?
▶ 여러분 고향에 과일이 많이 있어요?
여러분은 과일을 좋아해요?

| 아주 | 별로 | 전혀 |
|---|---|---|

**아주** 非常　**별로** 不太　**전혀** 完全不、一點也不

말하기 3 **친구와 이야기해 보세요.**

請和朋友說說看。

11

마리: 에릭 씨는 취미가 뭐예요?

에릭: 요리예요. 마리 씨는요?

마리: 저도 요리하는 걸 좋아해요. 시간이 나면 항상 요리를 해요.

에릭: 그럼 한국 음식도 만들 줄 알아요?

마리: 네. 김밥을 만들 줄 알아요.

에릭: 그래요? 저도 김밥을 한번 만들어 보고 싶어요.

마리: 그럼 우리 다음에 같이 만들어 봐요.

발음
- 만들 줄 알아요 [만들쭐]

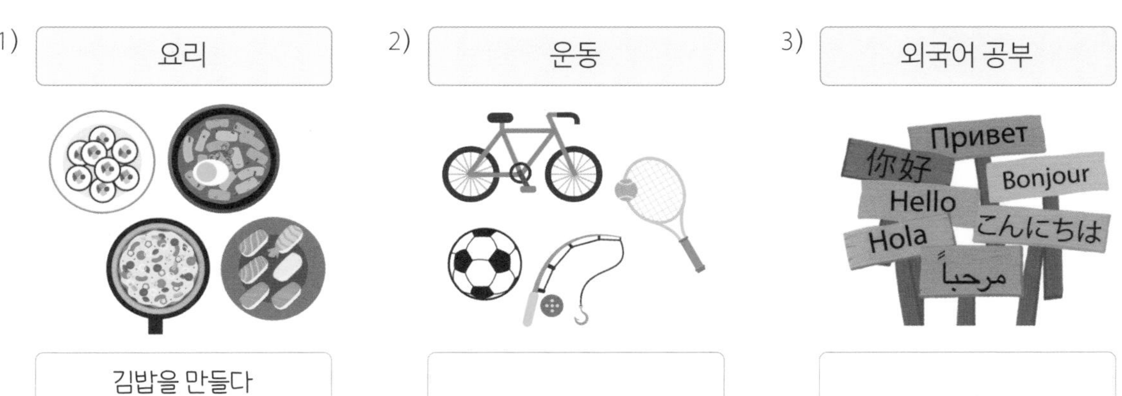


1) 요리 — 김밥을 만들다

2) 운동 —

3) 외국어 공부 —

준비 **여러분은 모으는 게 있어요? 언제부터 모았어요? 왜 모아요?**

你有收集的東西嗎？什麼時候開始收集的？為什麼收集呢？

듣기 1 **마리와 나나의 대화입니다. 잘 듣고 대화에 알맞은 그림을 고르세요.**

以下是麻里和娜娜的對話。聽完後請選出符合對話的圖片。

12

① 

② 

③ 

**취미를 말할 때**
談論興趣時

제 취미는 여행이에요.
제 취미는 여행하는 거예요.
저는 여행하는 걸 좋아해요.

## 취미가 뭐예요?

你的興趣是什麼呢？

저는 인형을 모으는 걸 좋아해요.
그래서 집에 인형이 아주 많아요.

---

컵 杯子

**준비** **한국에서 뭘 해 보고 싶어요?**
你想在韓國做什麼呢？

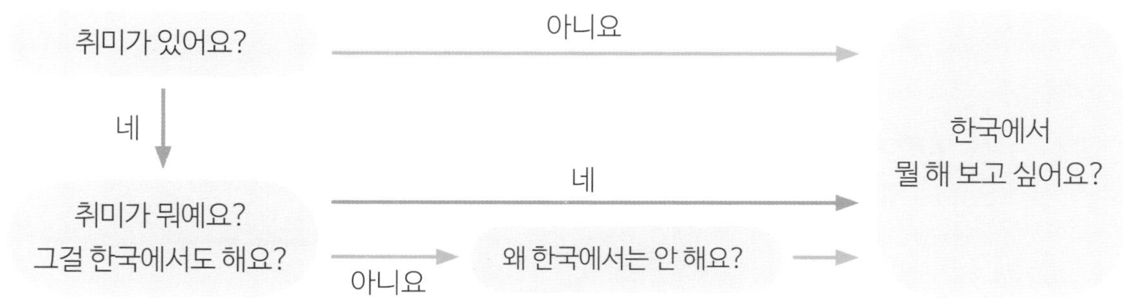


**듣기 2** **다니엘과 아야나의 대화입니다. 잘 듣고 질문에 답해 보세요.**
以下是丹尼爾和阿雅娜的對話。聽完後請回答問題。

13

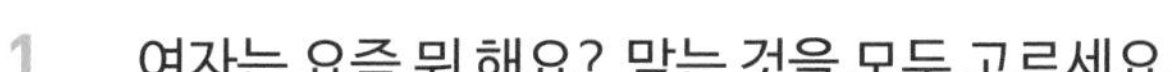

1 여자는 요즘 뭐 해요? 맞는 것을 모두 고르세요.

①

②

③

2 맞는 것을 고르세요.

① 남자는 떡볶이를 만들 줄 압니다.
② 여자는 고향에서 한국 요리하는 것을 배웠습니다.
③ 두 사람은 토요일에 같이 떡볶이를 만들 것입니다.

**뭘 배우고 싶어요? 우리 반에 그것을 할 줄 아는 친구가 있어요?**
你想學什麼呢？班上有會那件事的朋友嗎？

저는 떡볶이 만드는 것을 배우고 싶어요.
누가 떡볶이를 만들 줄 알아요?

# 매주 금요일이나 토요일에 모입니다

我們每個星期五或星期六聚會

동호회

회원

기타 동호회

가입을 환영합니다

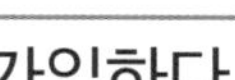

모집하다

신청하다

가입하다

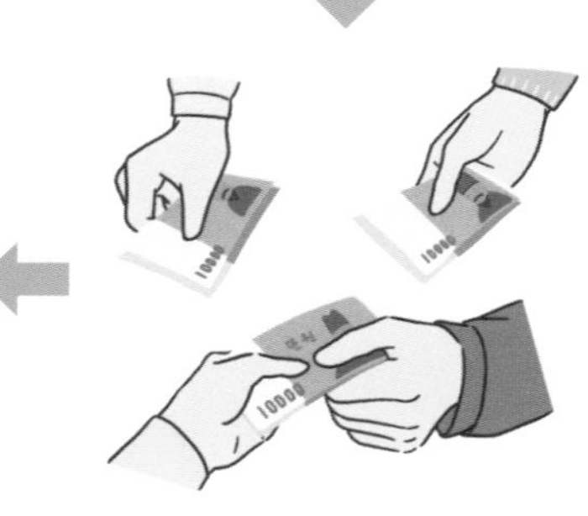

모임을 하다

회비를 내다

동호회 同好會
회원 會員
모집하다 募集
신청하다 申請
가입하다 加入
모임을 하다 聚會、聚餐
회비를 내다 繳交會費

**이야기해 보세요**

- ▶ 동호회에서 뭐 해요?
- ▶ 언제 동호회 모임을 해요?

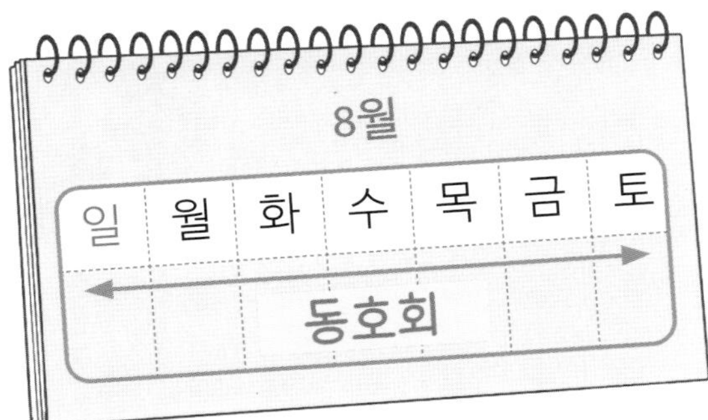


매일

매주

매달

매년

매일 每天　　매주 每週　　매달 每月　　매년 每年

**준비** **어떤 동호회에 가입하고 싶어요?**

你想加入什麼樣的同好會？

**읽기 1** **동호회 광고입니다. 잘 읽고 질문에 답해 보세요.**

以下是同好會的廣告。讀完後請回答問題。

## 서울 축구 동호회

축구를 배우고 **싶거나** 축구하는 것을 좋아하시는 분은 연락해 주세요.

모집: 9월 27일 금요일까지

010-0880-5488

soccer@koreasoccer.com

1 무슨 동호회예요? ........................................ .

2 어떤 사람을 찾아요? ........................................ .

3 언제까지 모집해요? ........................................ .

4 어떻게 연락해요? ........................................ .

문법과 표현
- 名(이)나 1 ☞ P.10
- 動-거나 ☞ P.11

볼링 保齡球　연락하다 聯絡　찾다 尋找

## 읽기 2 동호회 광고입니다. 잘 읽고 질문에 답해 보세요.

以下是同好會的廣告。讀完後請回答問題。

### 함께 '맛집'에 갈까요?

우리는 맛집 동호회 '맛동'입니다. **에스엔에스(SNS)나** 블로그에서 맛집을 찾아서 함께 갑니다. 새로운 식당을 찾는 것을 좋아하세요? 맛있는 음식을 먹고 싶으세요? 연락 주세요.

- 회원 모집: 7월 18일까지
- 신청 방법: 홈페이지(www.snufood.co.kr) 신청
- 모임: 매주 **금요일이나** 토요일
- 회비: 2만 원

질문이 있으면 **전화하거나** 문자를 보내 주세요.

010-0880-5488

1 왜 이 글을 썼어요? 맞는 것을 고르세요.

① 같이 맛집 블로그를 만들려고
② 맛집 동호회 회원을 모집하려고
③ 학교 근처의 맛집을 알려 주려고

2 맞으면 ○, 틀리면 × 하세요.

1) 에스엔에스(SNS)에 맛집을 소개하는 동호회입니다. (　　)
2) 이 동호회의 회원들은 일주일에 한 번 모입니다. (　　)
3) 동호회 가입을 신청하고 싶으면 전화를 해야 합니다. (　　)

## 여러분이 만들고 싶은 동호회에 대해서 친구와 이야기해 보세요.

請跟朋友聊聊你想成立的同好會。

| | 친구 이름: | 친구 이름: |
|---|---|---|
| 무슨 동호회를 만들고 싶어요? | | |
| 어떤 친구들을 모으고 싶어요? | | |
| 언제 만나고 싶어요? | | |

맛집 美食餐廳　블로그 部落格　새롭다 新的　홈페이지 首頁　문자 簡訊　알리다 告知

**이야기해 보세요**

▶ 여행을 가면 보통 어디에 가요?
▶ 어떤 곳에 여행 가고 싶어요?

경치가 아름답다

음식이 다양하다

공기가 맑다

숙소가 깨끗하다

전통문화

경치가 아름답다 景色優美
음식이 다양하다 食物多樣
공기가 맑다 空氣清淨
숙소가 깨끗하다 住宿乾淨
전통문화 傳統文化

말하기 1 **친구와 연습해 보세요.**
請和朋友練習看看。

가: 부산에 가 봤어요?

나: 아니요. 안 가 봤어요.

가: 그럼 한번 가 보세요. 아주 아름다워요.

1) 찜질방, 가다 / 재미있다

2) 삼계탕, 먹다 / 맛있다

3) 이 책, 읽다 / 쉽고 재미있다

말하기 2 **친구와 연습해 보세요.**
請和朋友練習看看。

가: 우리 오늘 뭐 할까요?

나: 날씨가 좋으니까 등산해요.

가: 좋아요. 어디로 갈까요?

나: 관악산이 가까우니까 관악산에 가요.

1) 날씨가 시원하다, 자전거 타다 / 한강공원이 좋다 / 한강

2) 꽃이 많이 피었다, 꽃구경하다 / 여의도에서 벚꽃 축제를 하다 / 여의도

3) 시험이 끝났다, 맛있는 거 먹다 / 강남역에 식당이 많다 / 강남역

문법과 표현
動 -아/어 보다 ☞ P.12
動 形 -(으)니까, 名 (이)니까 ☞ P.13~14

찜질방 汗蒸幕　관악산 冠岳山　피다 開（花）　강남역 江南站

## 말하기 3 친구와 이야기해 보세요.

請和朋友說說看。

자밀라: 다니엘 씨, 부산에 가 봤어요?

다니엘: 네. 지난여름에 갔다 왔어요. 경치도 아름답고 음식도 정말 맛있었어요.

자밀라: 저도 이번 방학에 부산에 가려고 해요.

다니엘: 부산에 가면 뭐 할 거예요?

자밀라: 배도 타고 낚시도 해 보고 싶어요.

다니엘: 저는 부산에서 낚시해 봤어요.
정말 재미있으니까 꼭 해 보세요.

**발음**

- 갔다 왔어요 [갇따]
- 아름답고 [아름답꼬]
- 음식도 [음식또]
- 낚시도 [낙씨]

1) 

| 배를 타다 |
| --- |
| 낚시하다 |

2) 

3) 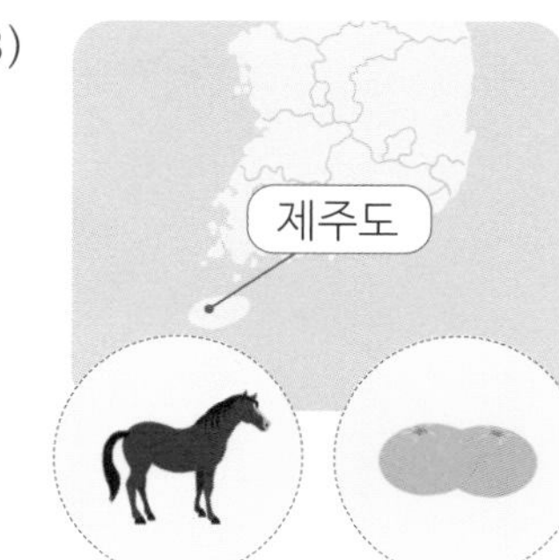


갔다 오다 去了一趟

준비 **여행 가서 뭐 하는 걸 좋아해요?**
你去旅行的時候喜歡做什麼？

듣기 1 **여행 광고입니다. 잘 듣고 맞으면 ○, 틀리면 × 하세요.**
以下是旅行廣告。聽完後，正確請打○，錯誤請打×。

19

1) 제주도는 산과 바다가 모두 있는 섬입니다. ( )

2) 제주도에서는 여러 가지 음식을 먹을 수 있습니다. ( )

**어디에 여행 가 봤어요? 왜 거기에 갔어요?**
你去過哪裡旅行？為什麼去那裡呢？

저는 일본에 가 봤어요.
일본 음식을 좋아해서 가 보고 싶었어요.

여러 가지 各種的

**준비** **한국에서 어디로 여행 가고 싶어요?**
你想去韓國哪裡旅行呢？

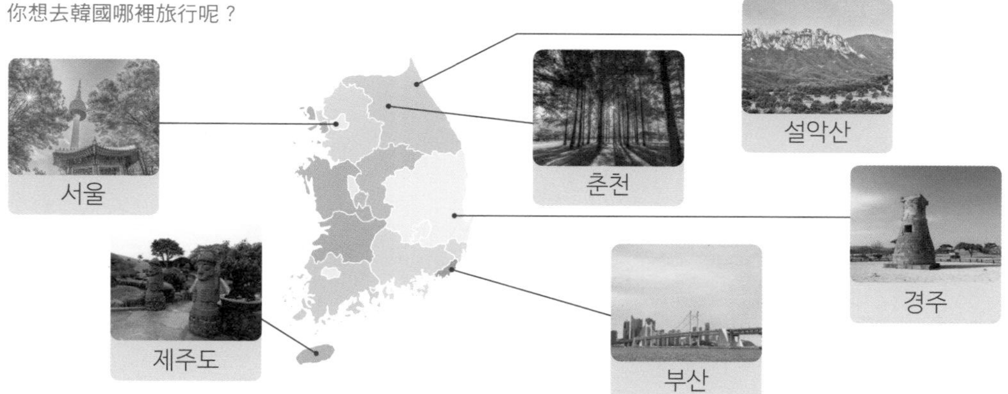


**듣기 2** **안나와 다니엘의 대화입니다. 잘 듣고 질문에 답해 보세요.**
以下是安娜和丹尼爾的對話。聽完後請回答問題。

20

1 강릉에 가면 뭘 할 수 있어요? 맞는 것을 모두 고르세요.

① 

② 

③ 

2 맞는 것을 고르세요.

① 남자는 강릉에 가 봤습니다.
② 두 사람은 같이 강릉 여행을 할 것입니다.
③ 여자는 한국에서 여행을 많이 해 봤습니다.

**어디를 여행해 봤어요? 거기에 가면 뭘 할 수 있어요? 친구에게 알려 주세요.**
你去過哪裡旅行？去那裡可以做什麼呢？請跟朋友分享。

저는 제주도에 가 봤어요.
거기에서 말을 타 봤어요.
재미있으니까 제주도에 가면 말을 꼭 타 보세요.

광고 廣告　연휴 連假　말 馬

# 1박 2일 동안 전주에 갔다 왔어요

我去全州兩天一夜

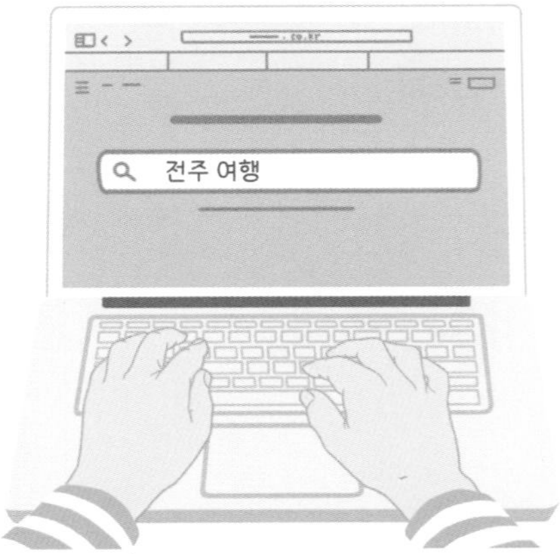

알아보다

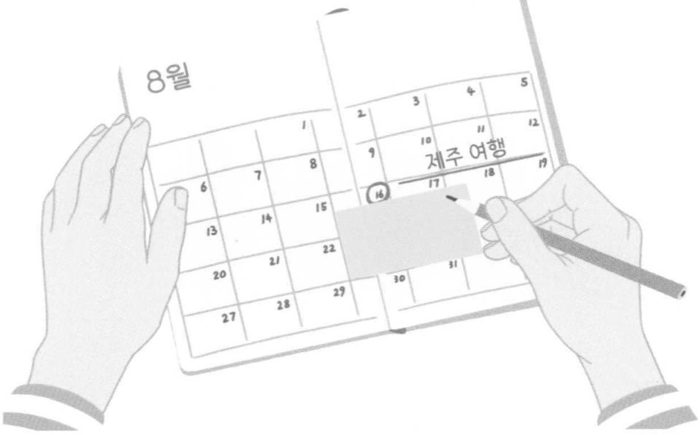

계획을 세우다

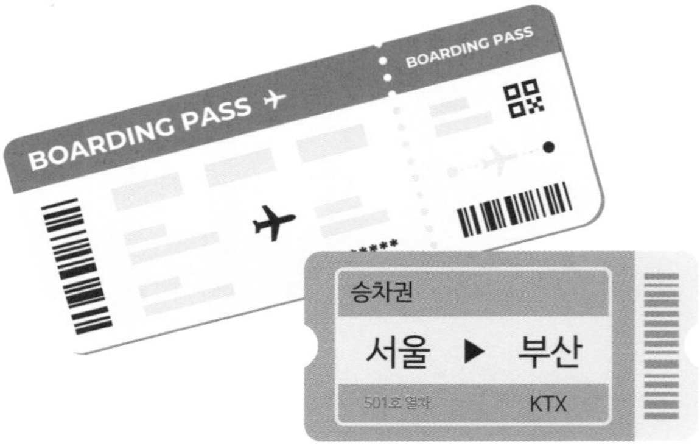

예매하다

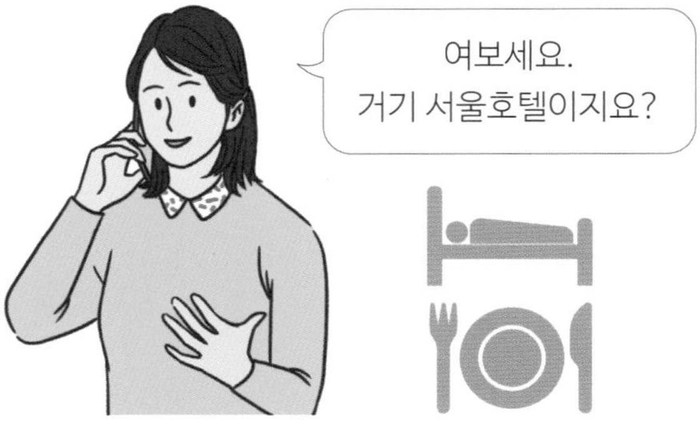

예약하다

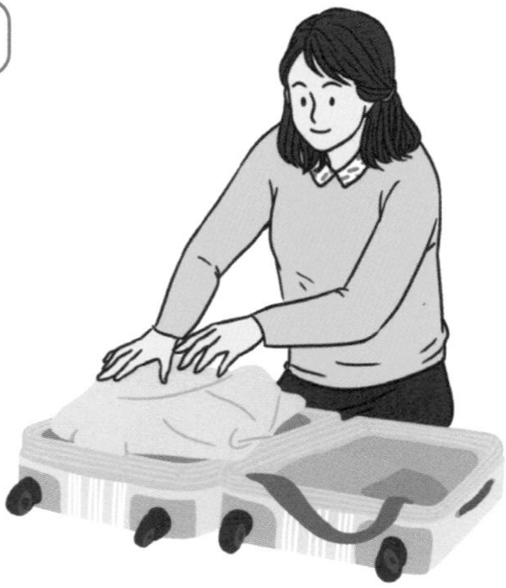

짐을 싸다

알아보다 打聽
계획을 세우다 擬定計畫
예매하다 預訂
예약하다 預約
짐을 싸다 打包行李

**이야기해 보세요**

▶ 여행 전에 어떤 준비를 해요?
▶ 여행을 가서 얼마나 있었어요?

| 1일 | 2일 | 3일 | 4일 | 5일 |
| --- | --- | --- | --- | --- |
| 하루 | 이틀 | 사흘 | 나흘 | 닷새 |

| 6일 | 7일 | 8일 | 9일 | 10일 |
| --- | --- | --- | --- | --- |
| 엿새 | 이레 | 여드레 | 아흐레 | 열흘 |

| 한<br>두<br>세<br>네<br>… | 시간<br><br>달 |
| --- | --- |

| 일<br>이<br>삼<br>사<br>… | 분<br>일<br>주/주일<br>개월<br>년 |
| --- | --- |

| | | | |
| --- | --- | --- | --- |
| 하루 一天 | 이틀 兩天 | 사흘 三天 | 나흘 四天 |
| 열흘 十天 | 박 夜／住宿 | 시간 小時 | 달 個月 |
| 주/주일 週 | 개월 個月 | 년 年 | |

**이야기해 보세요**

▶ 어떤 것을 사고 싶어요?
▶ 옷이 어때요?

사이즈가 잘 맞다

사이즈가 안 맞다

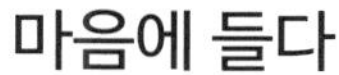

마음에 안 들다

잘 어울리다

안 어울리다

사이즈가 잘 맞다/안 맞다 尺寸合身的／不合身的
마음에 들다/안 들다 滿意的／不滿意的
잘 어울리다/안 어울리다 合適的／不合適的

말하기 1 **친구와 연습해 보세요.**
請和朋友練習看看。

가: 옷이 마음에 드세요?
나: 네. 그런데 사이즈가 좀 큰 것 같아요.
더 작은 거 있어요?
가: 네. 잠깐만 기다리세요.

1) 색깔

2) 가격

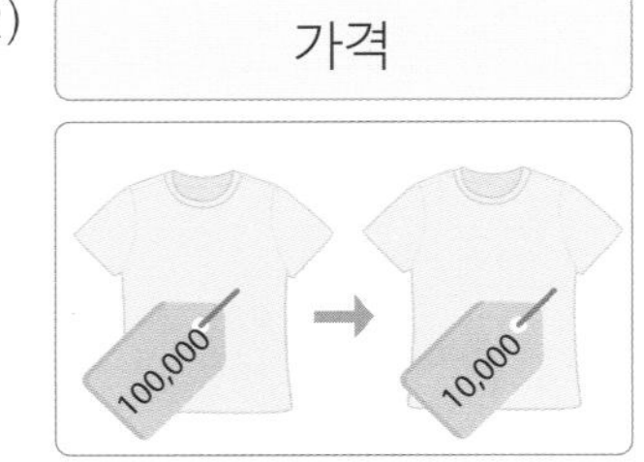


3) 길이

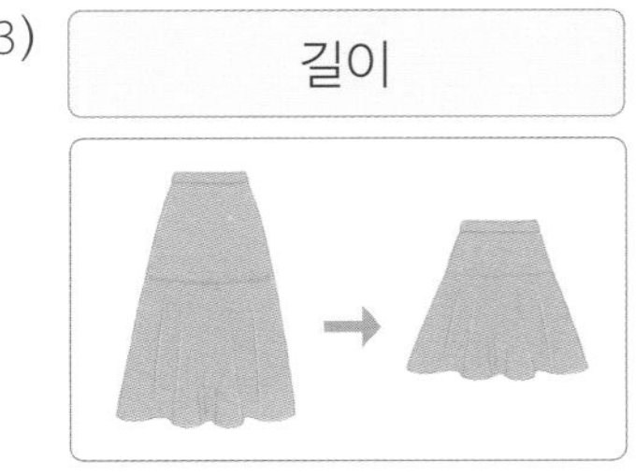

말하기 2 **친구와 연습해 보세요.**
請和朋友練習看看。

가: 자밀라 씨, 이 치마 어때요?
나: 그 치마는 길이가 기네요.
그거보다 짧은 거는 없어요?
가: 그럼 이건 어때요?
나: 아, 그게 좋네요.

1)

사이즈

2)

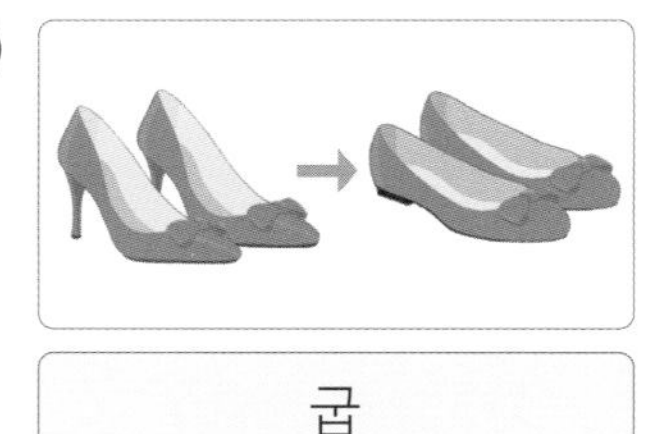

굽

3)

디자인

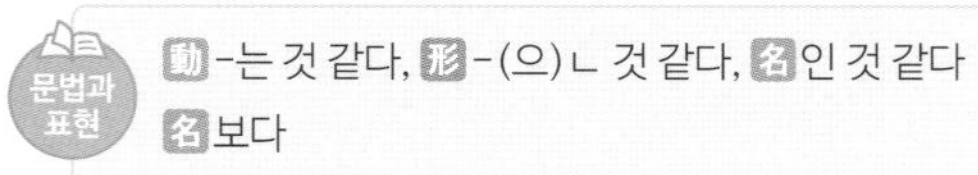


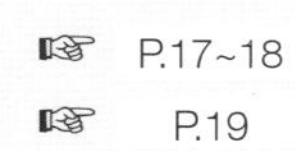

## 말하기 3 친구와 이야기해 보세요.

請和朋友說說看。

직원: 어서 오세요. 찾으시는 거 있으세요?

제니: 네. 원피스 좀 보여 주세요.

직원: 이건 어떠세요? 요즘 인기 있는 디자인이에요.

제니: 음, 그건 길이가 너무 짧은 것 같아요. 그거보다 긴 거는 없어요?

직원: 아니요. 있어요. 이건 어떠세요?

제니: 좋네요. 한번 입어 볼 수 있어요?

직원: 그럼요. 이쪽으로 오세요.

**발음**

- 짧은 것 같아요 [짤븐]

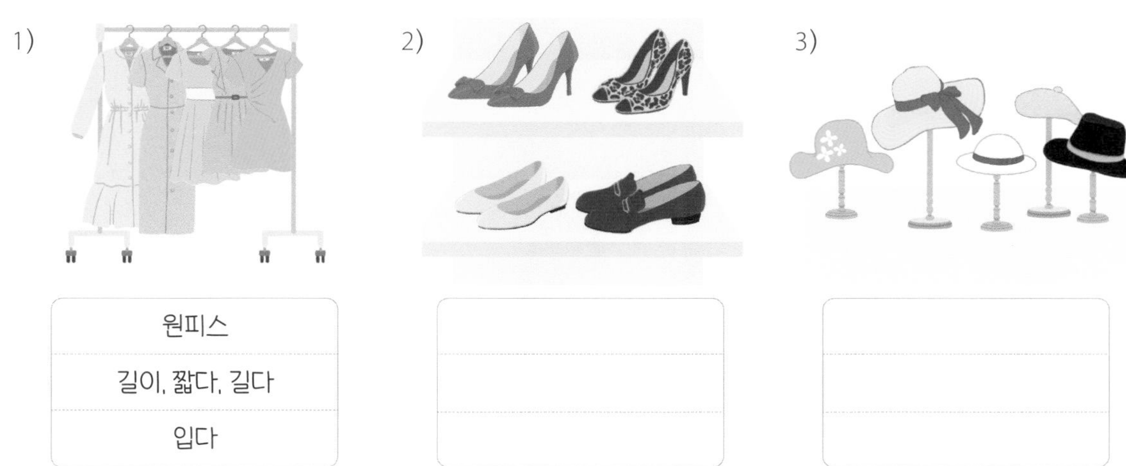

| 1) | 2) | 3) |
| --- | --- | --- |
| 원피스 | | |
| 길이, 짧다, 길다 | | |
| 입다 | | |

인기 있다 受歡迎的

聽力
# 듣기

**준비** **좋아하는 것에 ✔ 하세요.**
請勾選你喜歡的東西。

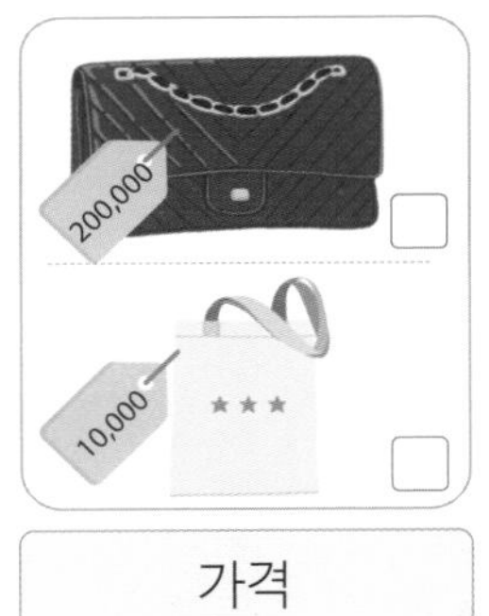


가격

색깔

길이

디자인

**듣기 1** **넥타이 가게 직원과 엥흐의 대화입니다. 잘 듣고 맞는 것을 고르세요.**
以下是領帶店員工和恩和的對話。聽完後請選出正確的答案。

27

❖ 남자는 무슨 넥타이를 샀어요?

① 

② 

③ 

**친구에게 어떤 스타일이 어울려요?**
朋友適合什麼樣的風格呢？

하이 씨는 밝은색 양복이 잘 어울리는 것 같아요. …

**쇼핑할 때**
購物的時候

이거로 주세요.
한 사이즈 큰 거로 보여 주세요.

손님 顧客 넥타이 領帶

준비 **요즘 사고 싶은 것이 있어요? 왜 사고 싶어요?**

你最近有想買的東西嗎？為什麼想買呢？

듣기 2 **다니엘과 안나의 대화입니다. 잘 듣고 질문에 답해 보세요.**

以下是丹尼爾和安娜的對話。聽完後請回答問題。

1 대화에 알맞은 그림을 고르세요.

①

②

③

2 잘 듣고 맞으면 ○, 틀리면 × 하세요.

1) 여자는 주말에 가방을 샀습니다. ( )

2) 여자는 동생에게 가방을 선물할 것입니다. ( )

3) 남자와 여자는 가방 가게에 같이 가려고 합니다. ( )

**친구나 가족에게 뭘 선물하고 싶어요?**

你想送什麼禮物給朋友或家人呢？

필요하다 需要　선물하다 送禮　밝은색 亮色　어두운색 暗色　스카프 圍巾

어휘 詞彙 4-2

# 지난주에 산 운동화를 교환하고 싶습니다

我想換上個星期買的運動鞋

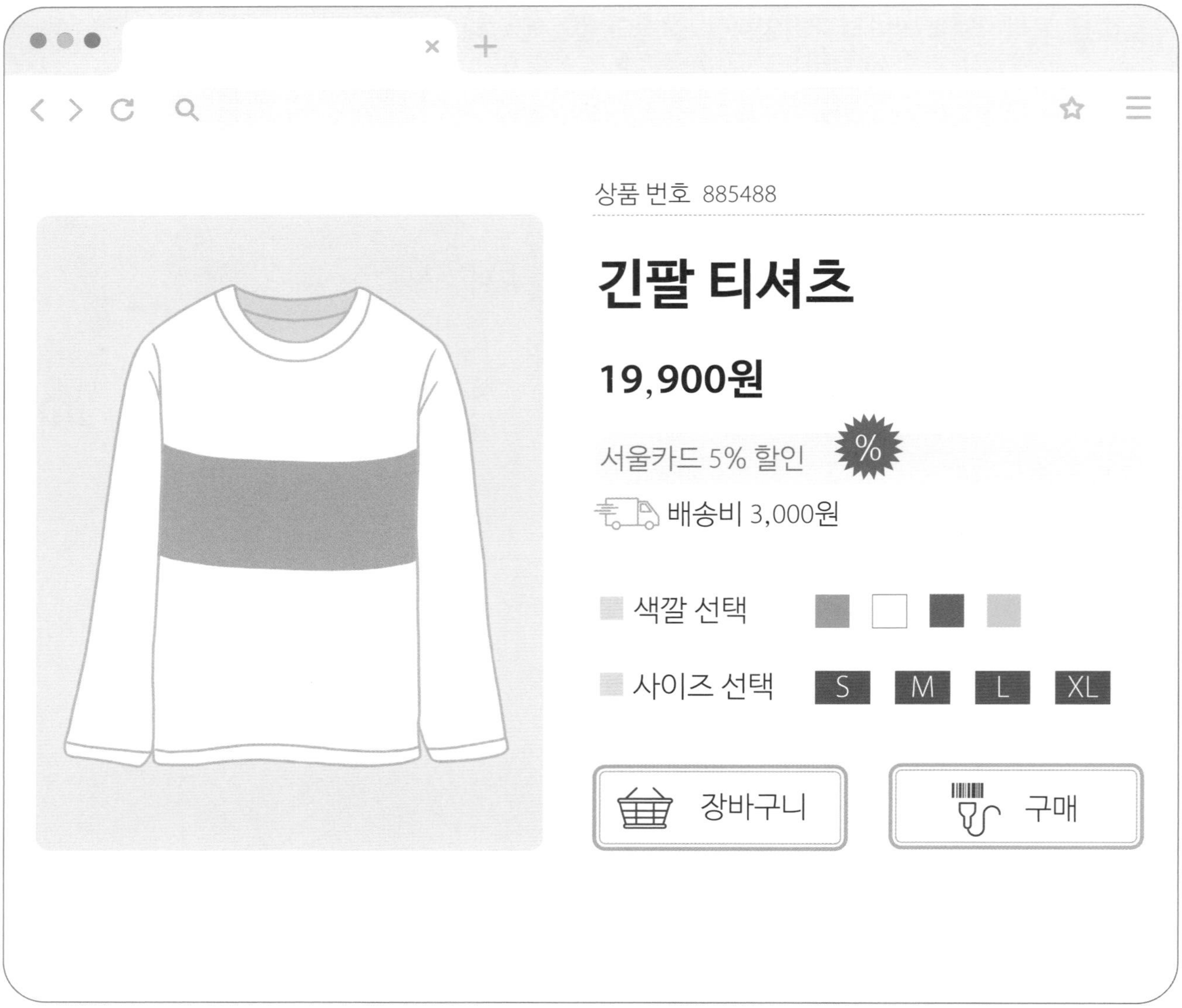

상품 번호 885488
긴팔 티셔츠
19,900원
서울카드 5% 할인
%
배송비 3,000원
색깔 선택
사이즈 선택
S
M
L
XL
장바구니
구매

| | | |
|---|---|---|
| 상품 商品 | 배송비 運費 | 장바구니 購物車 |
| 할인하다 折扣 | 선택하다 選擇 | 구매하다 購買 |

## 이야기해 보세요

▶ 인터넷 쇼핑을 해 봤어요? 어떻게 했어요?
▶ 쇼핑을 하고 나서 마음에 안 들면 어떻게 해요?

주문하다

문의하다

교환하다

환불하다

주문하다 訂購　　문의하다 詢問　　교환하다 換貨　　환불하다 退款

# 閱讀 4-2 읽기

준비 **인터넷으로 물건을 사 봤어요? 뭘 사 봤어요?**

你在網路上買過東西嗎？你買了什麼呢？

읽기 1 **추석 세일 광고입니다. 잘 읽고 맞으면 ○, 틀리면 × 하세요.**

以下是中秋大特價廣告。讀完後，正確請打○，錯誤請打×。

29

할인

## 즐거운 추석

- 인기 상품을 최대 50% **할인한 가격**에 만나 보세요!
- **서울카드로** 구매하시면 5% 더 할인받을 수 있습니다.

~50%

기간: 09.22~09.28

1) 모든 상품을 50% 할인한 가격에 살 수 있습니다. (　　)

2) 서울카드로 사면 다른 카드로 사는 것보다 더 쌉니다. (　　)

문법과 표현
動-(으)ㄴ 名 ☞ P.20
名(으)로 ☞ P.21

추석 中秋節　최대 最多　할인받다 得到折扣　모든 全部的　다르다 不同的

## 읽기 2 인터넷 쇼핑몰 게시판입니다. 잘 읽고 질문에 답해 보세요.

以下是網路購物佈告欄。讀完後請回答問題。

30

1:1 문의 게시판 | 교환 / 환불

| | |
|---|---|
| 상품 선택 | 주문 번호: 202308152354<br>코리아 운동화 815<br>240mm / 84,000원 |
| 문의 내용 | 교환/환불 이유: 색깔 / 사이즈<br><br>지난주에 **산 운동화**를 교환하고 싶습니다. 디자인과 색깔은 아주 마음에 들지만 사이즈가 **생각한 것**보다 좀 작습니다. 한 사이즈 더 큰 것으로 바꿔 주세요. 다음 주에 신어야 하니까 빨리 보내 주세요.<br>그런데 **보내 주신 상품**은 깨끗하지 않아서 새 상품이 아닌 것 같습니다. 배송 전에 한 번 더 확인해 주세요.<br><br>ㄴ손님, 죄송합니다. **말씀하신 상품**은 깨끗한 245mm 상품으로 교환해 드리겠습니다. **받으신 상품**을 포장해서 **택배로** 보내 주세요. 더 자세한 것은 **전화로** 문의해 주세요. 저희 서울쇼핑을 이용해 주셔서 감사합니다. |

1 이 사람은 운동화를 어떤 것으로 바꾸려고 해요? 맞는 것을 고르세요.

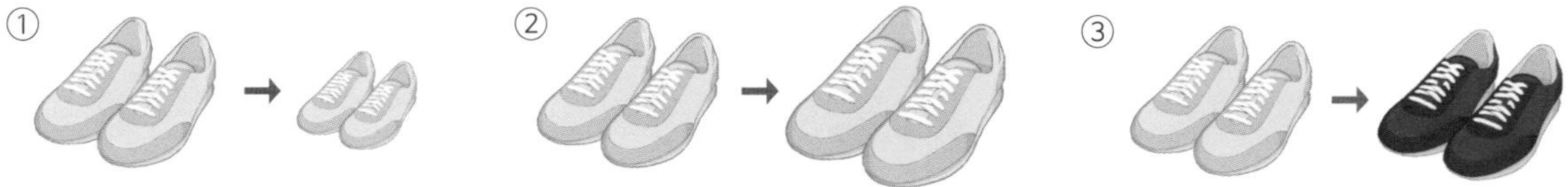


2 다음을 읽고 맞는 것을 고르세요.

① 운동화는 큰 사이즈가 없습니다.

② 이 사람은 환불받으려고 이 글을 썼습니다.

③ 이 사람은 더 물어보고 싶은 것이 있으면 전화해야 합니다.

**교환하거나 환불받을 때**
要求換貨或退款的時候

한 사이즈 작은 거로 바꿔 주세요.
다른 색깔로 교환해 주세요.
환불해 주세요.

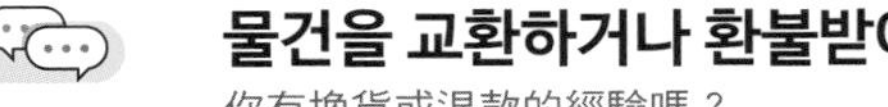

## 물건을 교환하거나 환불받아 봤어요?

你有換貨或退款的經驗嗎？

저는 인터넷으로 산 운동화를 교환해 봤어요. …

---

내용 內容 　이유 原因 　새 新的 　배송 運送 　확인하다 確認 　말씀하다 告知（尊稱） 　포장하다 打包
택배 宅配 　자세하다 仔細的 　저희 我們（謙稱） 　이용하다 使用 　환불받다 收到退款 　물어보다 問

준비 **교환하고 싶은 것이 있어요? 메모해 보세요.**
你有想要換貨的東西嗎？請筆記下來。

| 상품 정보 |
| --- |
| 상품 이름 \| |
| 구매한 날짜 \| |
| 구매한 장소 \| |

| 교환하고 싶은 이유 |
| --- |
| (사이즈, 길이, 디자인, 가격, … ) |
| |
| |

쓰기 **교환에 대해서 문의하는 글을 써 보세요.**
請撰寫詢問換貨事宜的文章。

1:1 문의 게시판 | 교환 / 환불 V

| 상품 | 주문 번호: 202308152354 |
| --- | --- |
| 문의 내용 | 교환/환불 이유<br>☐ 색깔/사이즈<br>☐ 디자인<br>☐ 배송<br>☐ 기타 |

확인

기타 其他

## 말하기 3 친구와 이야기해 보세요.

請和朋友說說看。

마리: 안녕하세요? 일본으로 소포를 보내려고 왔는데요.

직원: 상자를 저울 위에 올려 주세요. 안에 뭐가 들었어요?

마리: 책이 들었어요. 비행기로 보내면 얼마예요?

직원: 21,000원입니다.

마리: 오늘 보내면 언제 도착해요?

직원: 보통 사흘쯤 걸리는데요.
내일이 주말이라서 조금 더 걸릴 겁니다.

**발음**

- 뭐가 들었어요?
- 얼마예요?
- 언제 도착해요?

| 비행기 | | | |
|---|---|---|---|
| 일본<br>중국 | 말레이시아<br>베트남<br>몽골 | 미국<br>러시아<br>프랑스 | 브라질<br>콜롬비아<br>케냐 |
| 21,000원 | 32,000원 | 39,000원 | 50,000원 |
| 3일 | | 1주일 | |

| 배 | | | |
|---|---|---|---|
| 일본<br>중국 | 말레이시아<br>베트남<br>몽골 | 미국<br>러시아<br>프랑스 | 브라질<br>콜롬비아<br>케냐 |
| 15,500원 | 17,000원 | 18,500원 | 20,000원 |
| 한 달 | | 두 달 | |

| 일본 | | | |
|---|---|---|---|
| 책, 비행기 | | | |
| 21,000원, 사흘 | | | |

저울 秤　올리다 放上　들다 裝有　콜롬비아 哥倫比亞　케냐 肯亞

## 聽力 듣기 5-1

**준비** **한국에서 택배를 받아 봤어요? 어떻게 받았어요?**
你在韓國收過宅配嗎？怎麼收的？

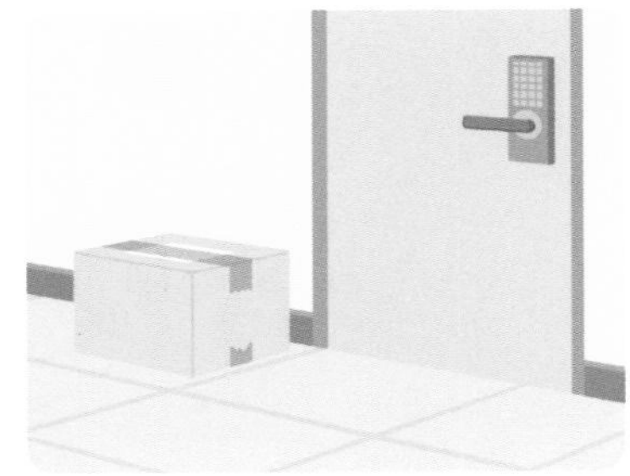

**듣기 1** **나나와 택배 기사의 대화입니다. 잘 듣고 맞는 것을 고르세요.**
以下是娜娜和宅配司機的對話。聽完後請選出正確的答案。

35

① 여자는 남자에게 전화를 했습니다.

② 여자는 집에 가서 남자를 기다릴 것입니다.

③ 남자는 집에 사람이 없으면 문 앞에 택배를 놓고 갈 것입니다.

**고향에서 택배를 받았어요? 여러분이 집에 없을 때 택배를 어떻게 받았어요?**
你在故鄉收過宅配嗎？你不在家的時候，怎麼收宅配的呢？

저는 인터넷 쇼핑을 좋아해서
고향에서 택배를 자주 받았어요.
제가 집에 없으면 기사님이 집 앞에
택배를 놓고 가셨어요.

---

택배 기사 宅配司機　　맞다 正確的　　문 門　　놓다 放置

준비 **한국에서 우체국에 가 봤어요? 왜 갔어요?**

你去過韓國的郵局嗎？為什麼去郵局呢？

듣기 2 **우체국 직원과 닛쿤의 대화입니다. 잘 듣고 질문에 답해 보세요.**

以下是郵局職員和尼坤的對話。聽完後請回答問題。

36

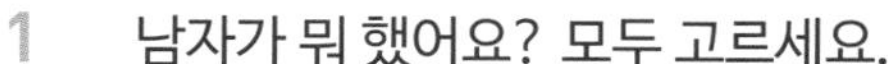

1 남자가 뭐 했어요? 모두 고르세요.

① 

② 

③ 

2 맞으면 ○, 틀리면 × 하세요.

1) 남자는 태국으로 옷을 부치려고 합니다. ( )

2) 비행기로 보내면 요금이 15,000원입니다. ( )

3) 이 소포는 한 달 후에 도착할 것입니다. ( )

**소포를 보내 봤어요? 어떻게 보냈어요? 얼마나 걸렸어요?**

你寄過包裹嗎？怎麼寄的？花了多久的時間呢？

저는 몽골로 책을 보냈는데요.
비행기로 보내면 너무 비싸서 배로 보냈어요.
시간은 ⋯.

정도 大約　　요금 費用

# 비밀번호를 눌러 주세요

請輸入密碼

통장

체크카드

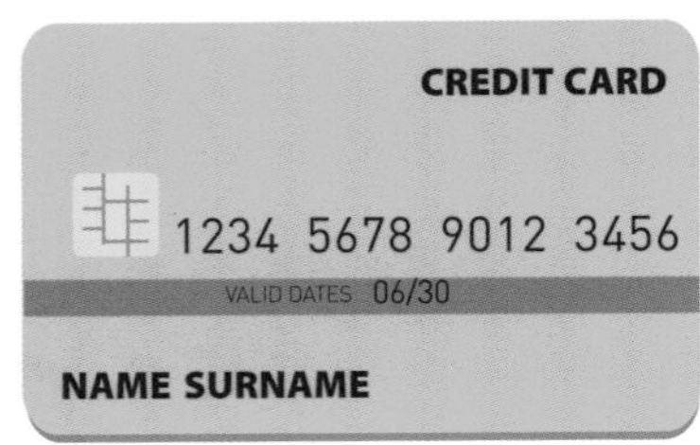


신용카드

신분증을 내다

신청서를 쓰다

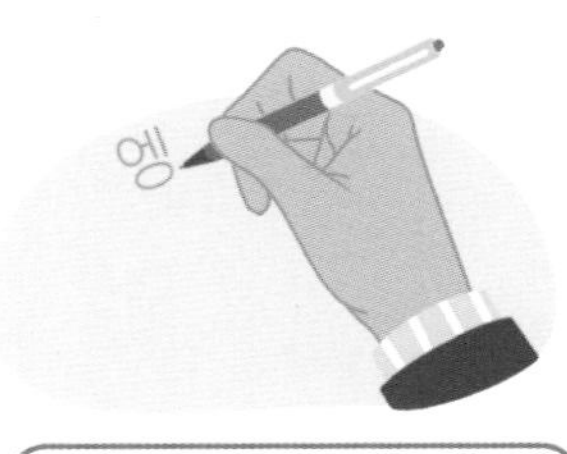

서명하다

비밀번호를 누르다

| | | |
|---|---|---|
| 통장 存摺 | 체크카드 簽帳金融卡 | 신용카드 信用卡 |
| 신분증을 내다 提供身分證 | 신청서를 쓰다 填寫申請書 | 서명하다 簽名 |
| 비밀번호를 누르다 按密碼 | | |

이야기해 보세요

▶ 은행에서 뭘 할 수 있어요?

입금

돈을 넣다

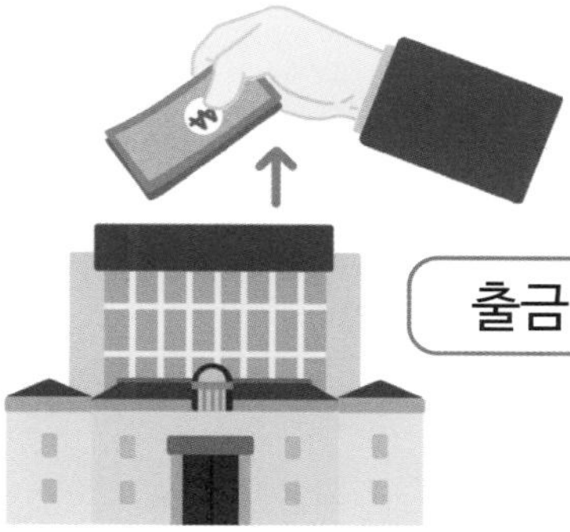

출금

돈을 찾다

환전

돈을 바꾸다

송금

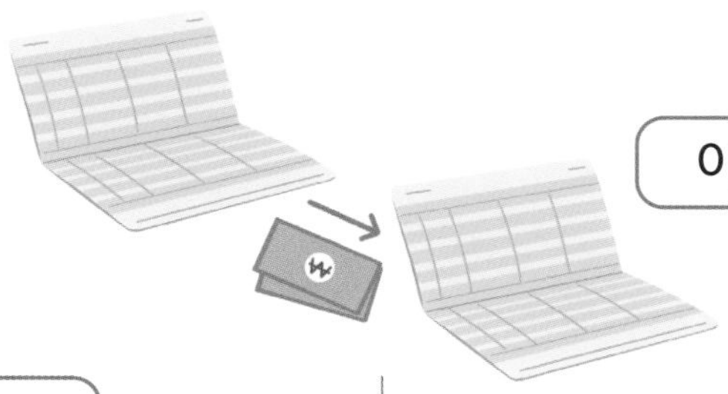

이체

돈을 보내다

돈을 넣다 存錢
출금 領錢
이체 轉帳
돈을 보내다 匯錢
환전 換匯
입금 存錢
송금 匯款

**준비** **어떻게 은행을 이용해요?**
你如何使用銀行服務呢？

**읽기 1** **에이티엠(ATM) 화면입니다. 잘 읽고 맞으면 ○, 틀리면 × 하세요.**
以下是自動櫃員機(ATM)的螢幕畫面。讀完後，正確請打○，錯誤請打×。

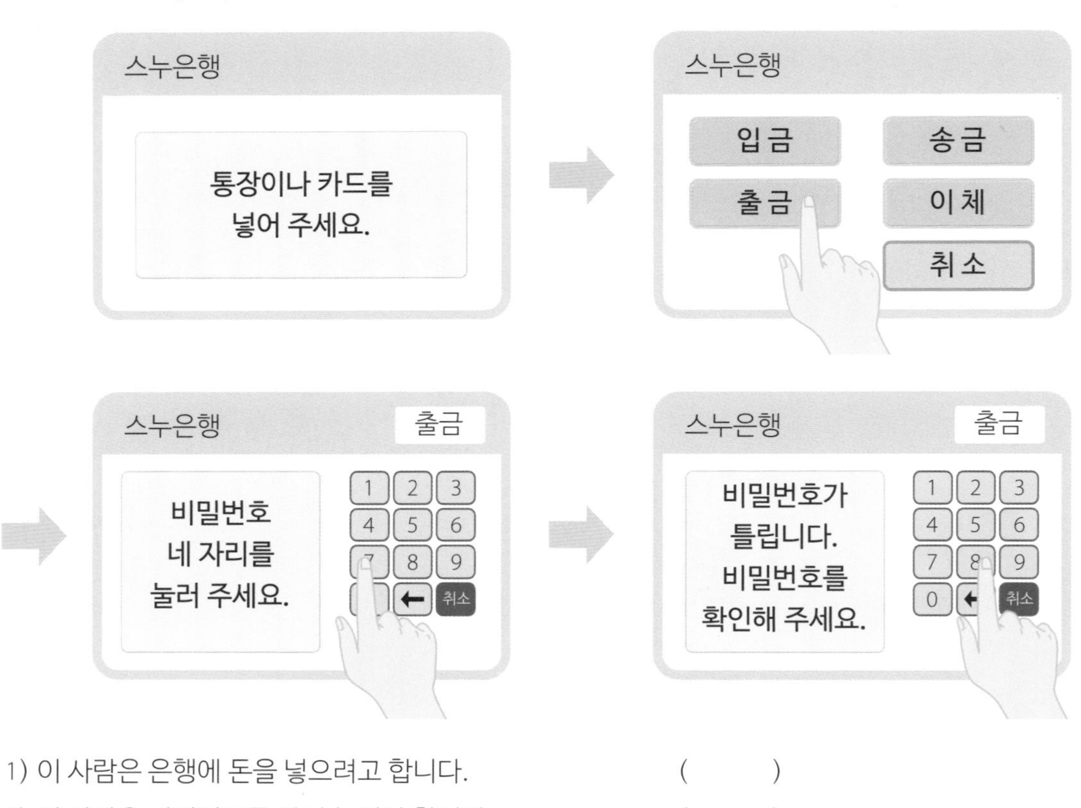


1) 이 사람은 은행에 돈을 넣으려고 합니다. (　　)
2) 이 사람은 비밀번호를 다시 눌러야 합니다. (　　)

문법과 표현
'ㄹ' 불규칙 ☞ P.25
動-(으)면 되다 ☞ P.26

취소 取消　자리 位數　틀리다 錯誤

## 읽기 2 제니의 블로그입니다. 잘 읽고 질문에 답해 보세요.

以下是珍妮的部落格。讀完後請回答問題。

37

### 첫 환전, 성공!

오늘 환전을 하러 은행에 다녀왔습니다. 저는 신분증과 돈을 준비해서 갔습니다. 은행에 들어가서 먼저 번호표를 뽑고 조금 기다렸습니다. 직원이 제 번호를 **불러서** 창구로 갔습니다. 그리고 직원에게 이렇게 말했습니다.

"환전하려고 하는데요. 500달러를 한국 돈으로 바꿔 주세요."

그리고 신분증과 돈을 주고 서류에 서명했습니다. 한국에서 환전하는 것이 처음이라서 걱정했습니다. 그렇지만 별로 어렵지 않았습니다. 환전을 하고 싶으면 신분증과 돈만 **준비하면 됩니다**.

**1** 제니는 직원에게 뭘 줬어요? 맞는 것을 모두 고르세요.

①

②

③

**2** 맞는 것을 고르세요.

① 제니는 돈을 바꾸러 은행에 갔습니다.

② 제니는 전에 한국에서 환전을 해 봤습니다.

③ 제니는 은행에서 번호표를 받고 은행원을 불렀습니다.

## 은행에서 뭐 해 봤어요? 뭐가 필요했어요?

你在銀行辦過什麼業務？需要什麼文件呢？

저는 입금을 해 봤는데요.
통장이나 카드가 필요했어요.

첫 第一次的　성공 成功　다녀오다 去一趟　창구（櫃台）窗口　달러 美金　걱정하다 擔心
그렇지만 但是　은행원 行員

## 말하기 3 친구와 이야기해 보세요.

請和朋友說說看。

나나: 제니 씨, 지금 청소할 거예요? 저도 같이 해요.

제니: 좋아요. 같이 해요. 나나 씨가 청소기를 돌리세요. 제가 방을 닦을게요.

나나: 좋아요. 청소기를 돌리고 나서 재활용 쓰레기도 버리고 올게요.

• • •

나나: 집이 깨끗하니까 참 좋네요.

제니: 그렇죠? 우리 이제 토요일마다 같이 청소할까요?

나나: 네. 좋아요.

**발음**

- 청소할 거예요 [청소할꺼예요]
- 닦을게요 [다끌께요]
- 올게요 [올께요]

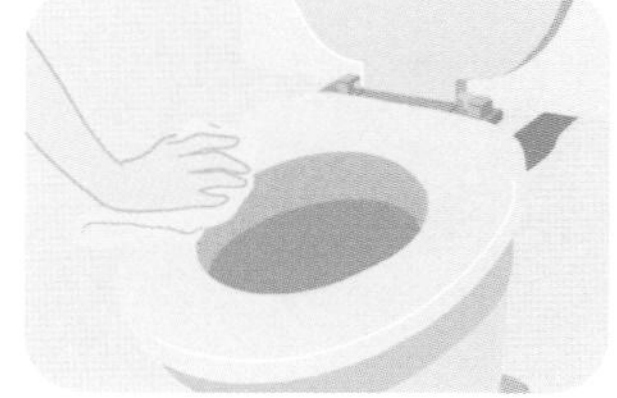

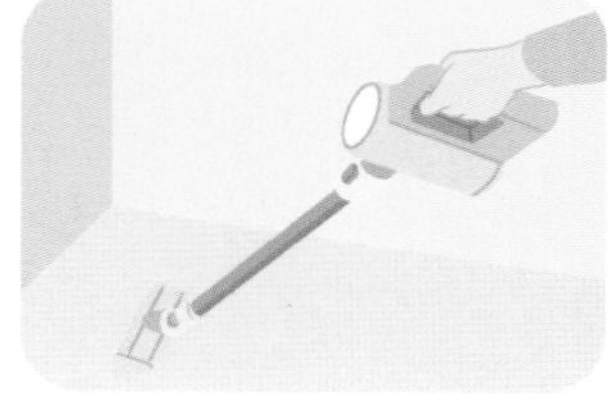

| 청소기를 돌리다 |
| --- |
| 방을 닦다 |
| 재활용 쓰레기 |

참 非常　　이제 現在

준비 **청소를 자주 해요? 대청소하는 날이 있어요?**
你經常打掃嗎？有大掃除的日子嗎？

듣기 1 **마리와 남편의 대화입니다. 잘 듣고 연결하세요.**
以下是麻里和丈夫的對話。聽完後請連連看。

1)  •

2)  •

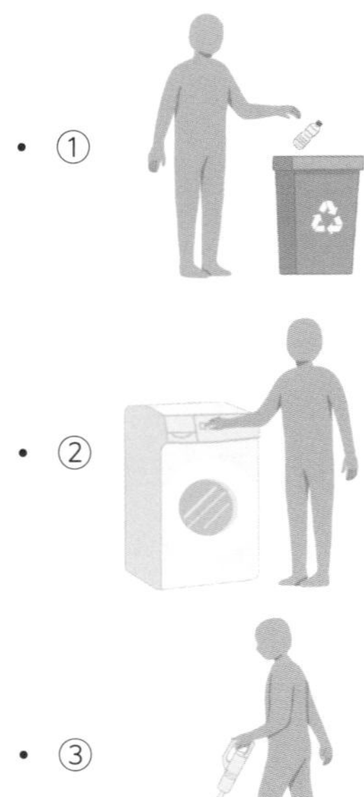


**집안일 중에서 뭐 하는 걸 제일 좋아해요? 왜 좋아해요?**
你最喜歡什麼樣的家事？為什麼喜歡呢？

저는 설거지하는 걸 좋아해요.
깨끗한 그릇을 보면 기분이 좋아요.

지저분하다 髒亂的　　대청소 大掃除　　그동안 那段期間

준비 **아래에 있는 가전제품으로 뭐 해요?**
你會用以下家電產品來做什麼事呢？

듣기 2 **하이와 자밀라의 대화입니다. 잘 듣고 질문에 답해 보세요.**
以下是阿海和賈蜜拉的對話。聽完後請回答問題。

43

1 남자가 산 물건은 뭐예요? 맞는 것을 고르세요.

① 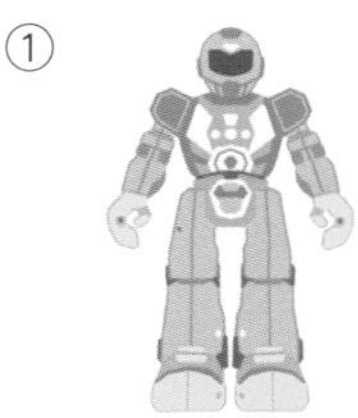
② 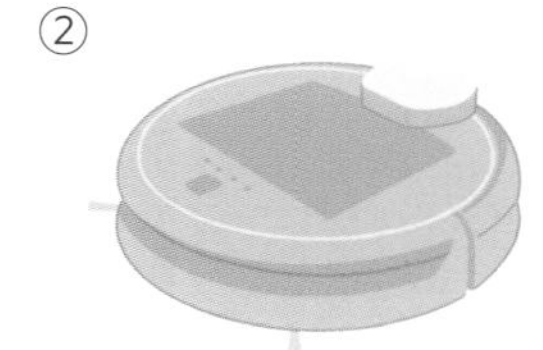
③ 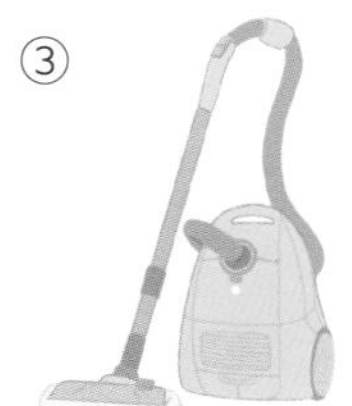

2 맞는 것을 고르세요.

① 여자는 지난주에 로봇청소기를 샀습니다.
② 여자는 이사한 집이 커서 청소하는 게 힘듭니다.
③ 여자는 남자에게 좋은 가전제품을 소개했습니다.

**집안일에 대해서 친구와 이야기해 보세요.**
請和朋友聊聊家事。

| | 친구 이름: | 친구 이름: |
|---|---|---|
| 얼마나 자주 청소해요?<br>언제 청소해요? | | |
| 어떤 집안일이 힘들어요? | | |
| 어떤 가전제품을 갖고 싶어요? | | |

넓다 寬敞的　로봇 機器人　사이트 網站　집안일 家事　가전제품 家電產品　갖다 擁有

# 수업이 끝난 후에 인사동에 갔어요

課後去了仁寺洞

나가다/나오다

돌아가다/돌아오다

화장하다

화장을 지우다

머리를 감다

목욕하다

나가다/나오다 出去／出來

머리를 감다 洗頭髮

화장을 지우다 卸妝

목욕하다 洗澡

### 이야기해 보세요

▶ 아침부터 밤까지 뭐 해요?
▶ 여러분은 매일 하는 일이 있어요?

예습하다

7월
2 일
수요일
(이)라고 합니다

수업을 듣다

복습하다

낮잠을 자다

일기를 쓰다

통화를 하다

| | | |
|---|---|---|
| 예습하다 預習 | 수업을 듣다 聽課 | 복습하다 複習 |
| 낮잠을 자다 睡午覺 | 일기를 쓰다 寫日記 | 통화를 하다 講電話 |

**준비** **수업이 끝난 후에 보통 뭐 해요?**
你下課後通常做什麼呢？

**읽기 1** **안나와 다니엘의 메시지입니다. 잘 읽고 질문에 답해 보세요.**
以下是安娜和丹尼爾的訊息。讀完後請回答問題。

44

안나

다니엘

다니엘 씨, 발표 원고 다 썼어요?

네. 다 썼어요.

저는 아직 다 못 썼는데요.
혹시 내일 저 좀 도와줄 수 있어요?

네. 그런데 내일 오후에 아르바이트가 있어요.
아르바이트가 **끝난 후에** 전화할게요.

고마워요. 내일 저녁은 제가 살게요.

❖ 두 사람은 내일 뭐 할 거예요? 모두 고르세요.

① 

② 
③ 

문법과 표현
動 -기 전에 ☞ P.29
動 -(으)ㄴ 후에 ☞ P.30

원고 原稿　　혹시 或許、有沒有可能

## 읽기 2 아야나의 일기입니다. 잘 읽고 질문에 답해 보세요.

以下是阿雅娜的日記。讀完後請回答問題。

### 나의 하루

3월 27일 화요일 

오늘은 수업이 **끝난 후에** 인사동에 갔어요. 다음 주 수요일이 엄마 생신이라서 엄마를 생각하면서 귀걸이를 만들었어요. 그리고 집에 **가기 전에** 우체국에 가서 귀걸이를 소포로 보냈어요. 집에 오면서 엄마와 통화를 했지만 귀걸이 이야기는 하지 않았어요. 엄마가 선물을 받으시면 깜짝 놀라실 거예요.

집에 와서 잠깐 낮잠을 자고 저녁을 **먹은 후에** 숙제와 예습을 했어요. 그리고 목욕했어요. 바빴지만 재미있는 하루였어요.

**1** 아야나가 수업 후에 한 일을 순서대로 쓰세요.

      ④ 

( ③ ) → ( ) → ( ) → ( )

**2** 맞는 것을 고르세요.

① 아야나는 목욕하고 나서 낮잠을 잤습니다.

② 아야나의 엄마는 선물을 받고 좋아하셨습니다.

③ 아야나는 인사동에서 엄마 생신 선물을 준비했습니다.

## 어제 수업이 끝나고 뭐 했어요?

你昨天下課後做了什麼？

저는 어제 수업이 끝난 후에 ….

생각하다 思念、思考 귀걸이 耳環 깜짝 猛然地 놀라다 嚇一跳 잠깐 暫時地

寫作 6-2

# 쓰기

준비 **지난주에 언제 제일 바빴어요? 그날 한 일을 메모해 보세요.**

你上個星期什麼時候最忙呢？請將當天的行程筆記下來。

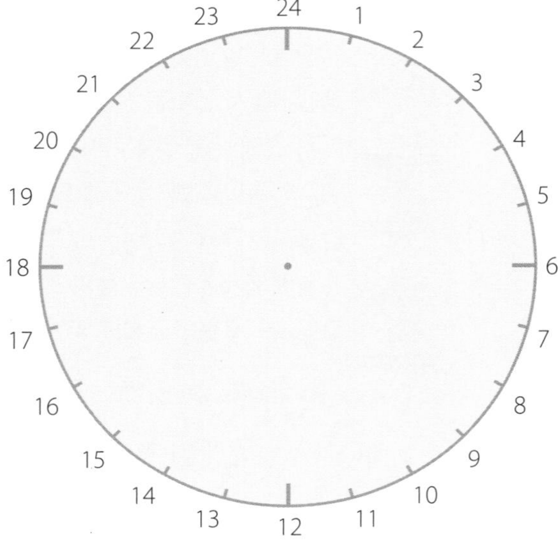


쓰기 **그날의 일기를 써 보세요.**

請撰寫當天的日記。

## 나의 계획을 쓰고 친구와 약속을 만들어 보세요.
請寫下你的計畫，並且試著和朋友做約定。

**1** **나의 일주일 계획을 쓰세요.**
請寫下你一週的計畫。

보기

| 월 | 화 | 수 | 목 | 금 | 토 | 일 |
|---|---|---|---|---|---|---|
| 9:00<br>한국어<br><br>3:00<br>아르바이트 | 9:00<br>한국어<br><br>7:00<br>친구, 저녁 | 9:00<br>한국어<br><br>3:00<br>아르바이트 | 9:00<br>한국어 | 9:00<br>한국어 | | |

| 월 | 화 | 수 | 목 | 금 | 토 | 일 |
|---|---|---|---|---|---|---|
| | | | | | | |

**2** **친구와 만날 수 있는 시간을 정하세요.**
請選定可以和朋友見面的時間。

## 3 친구와 만나서 하고 싶은 일을 함께 써 보세요.

請寫下你和朋友見面後想做的所有事情。

보기

| | 하고 싶은 일 |
|---|---|
| □ | 영화 |
| □ | 카페 |
| □ | 점심 식사 |
| □ | 노래방 |

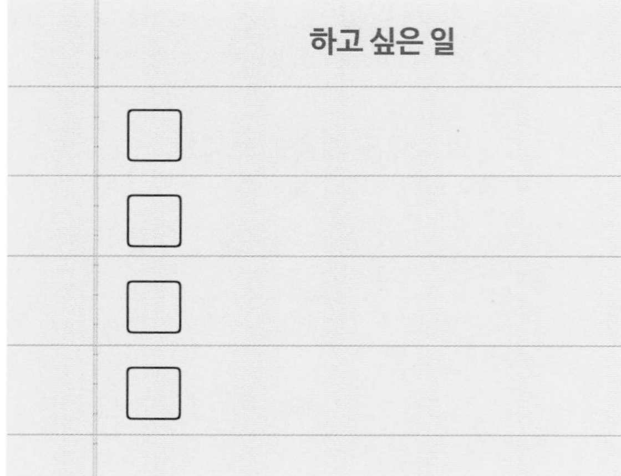


## 4 뭘 먼저 할 거예요? 번호를 쓰세요.

你想先做什麼事呢？請寫下編號。

보기

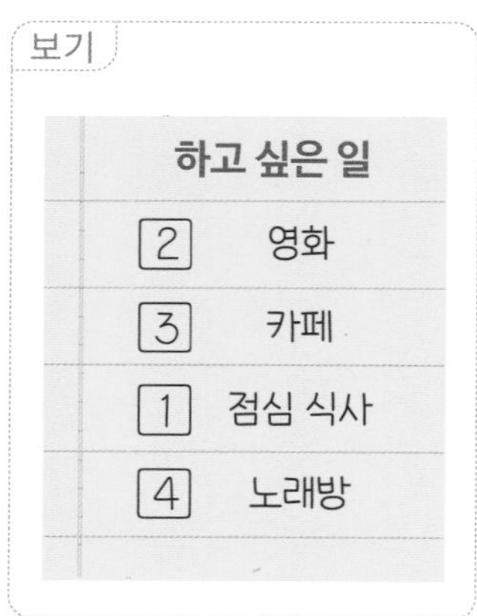

| | 하고 싶은 일 |
|---|---|
| 2 | 영화 |
| 3 | 카페 |
| 1 | 점심 식사 |
| 4 | 노래방 |

## 5 친구와의 계획을 발표해 보세요.

請試著發表和朋友的計畫。

## 어디에 버려야 할까요?
要丟在哪裡好呢？

쓰레기를 버려 보세요.

≫ 여러분 나라에서는 쓰레기를 어떻게 버려요?

**발음**
發音

46

'-(으)ㄹ' 뒤에 오는 'ㄱ'은 [ㄲ]로 발음합니다.
「-(으)ㄹ」之後的「ㄱ」讀為[ㄲ]。

예 가: 누가 방을 닦을 거예요?
나: 제가 방을 닦을게요.

가: 어디 가요?
나: 쓰레기 좀 버리고 올게요.

**자기 평가**
自我評量

- [ ] 언제 집안일을 해요?
- [ ] 어제 하루 동안 뭐 했어요?

# 7

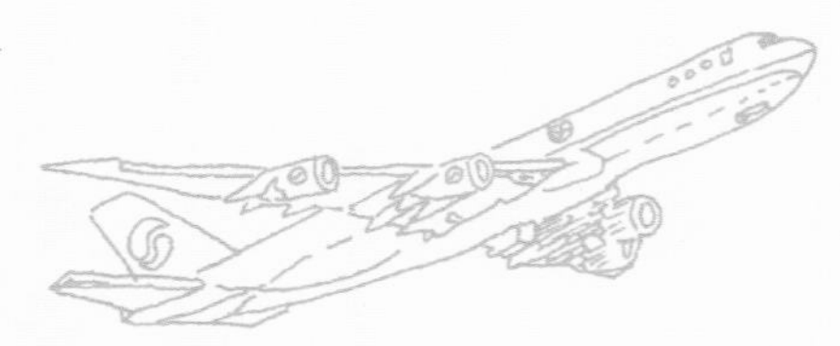

# 길 찾기 問路

7-1 서울대학교까지 얼마나 걸릴까요?

7-2 영화관이 어디에 있는지 아세요?

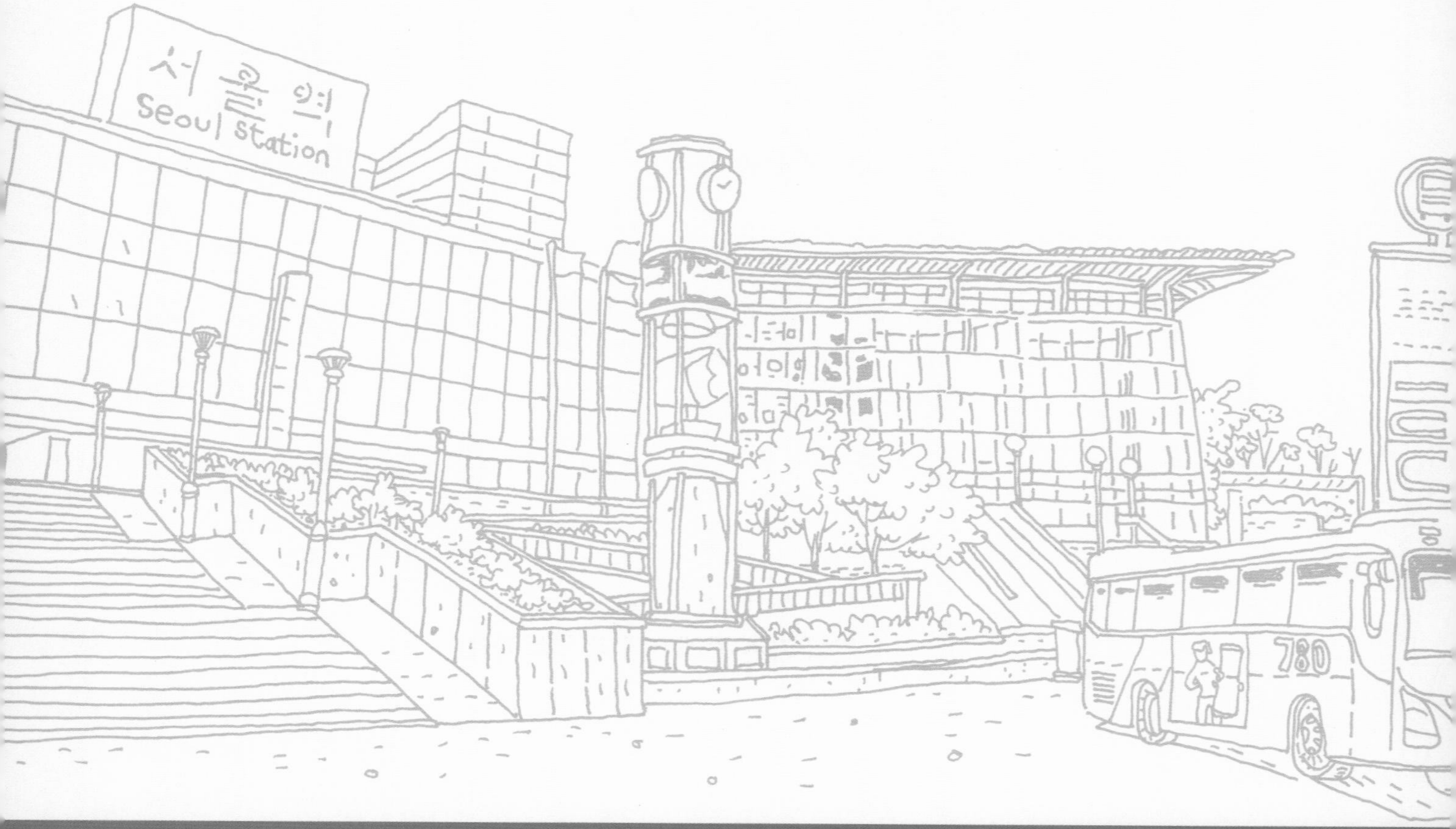

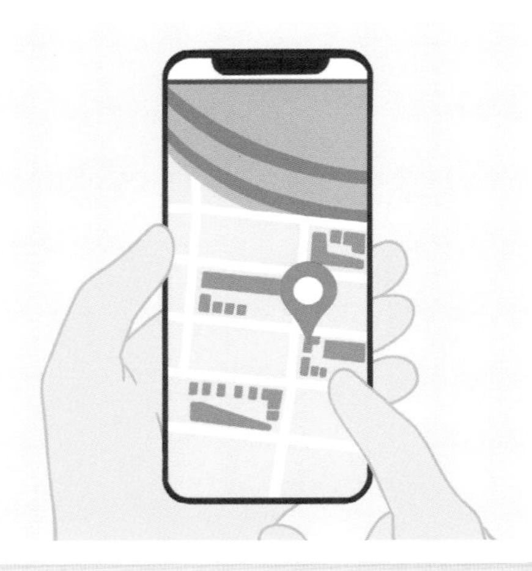

1 학교에 뭐 타고 다녀요?

2 처음 가는 곳에 어떻게 찾아가요?

詞彙 어휘

# 7-1 서울대학교까지 얼마나 걸릴까요?

請問到首爾大學要多久？

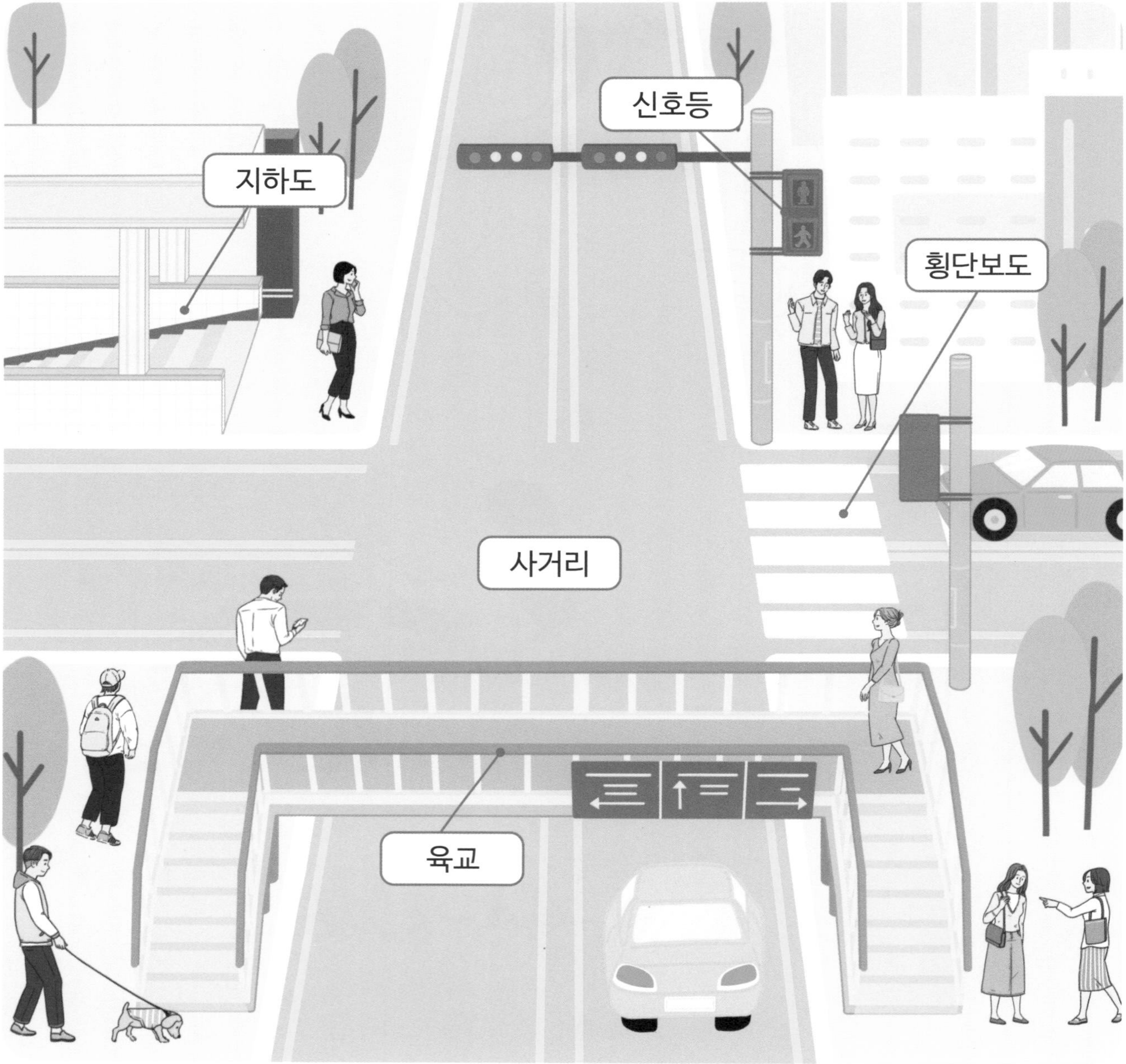

신호등

지하도

횡단보도

사거리

육교

| | | |
|---|---|---|
| 지하도 地下道 | 신호등 交通號誌 | 횡단보도 人行道 |
| 사거리 十字路口 | 육교 天橋 | |

**이야기해 보세요**

▶ 거리에 뭐가 있어요?
▶ 택시에서 어떻게 말해요?

직진하다

좌회전하다

우회전하다

유턴하다

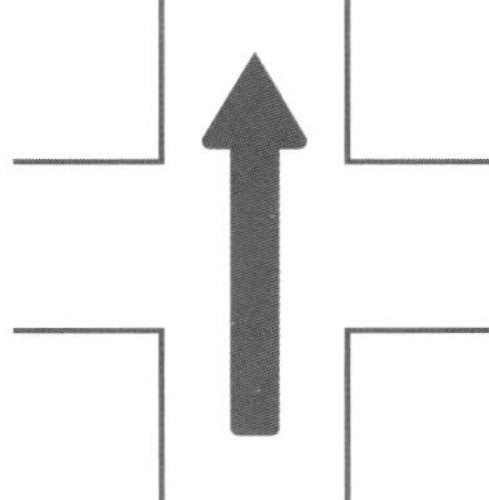

지나다

세우다

| | | |
|---|---|---|
| 직진하다 直走 | 좌회전하다 左轉 | 우회전하다 右轉 |
| 유턴하다 迴轉 | 지나다 經過 | 세우다 停車 |

## 이사 온 친구에게 동네를 소개해 보세요.
請向新搬來的朋友介紹社區。

**1 친구가 옆집으로 이사 왔어요. 친구에게 가르쳐 주고 싶은 곳이 어디예요? 써 보세요.**
朋友搬來你家隔壁。你想告訴朋友什麼地方？請寫下來。

- ☐ 물건이 싼 마트
- ☐ 가까운 공원
- ☐ 맛집이 많은 거리
- ☐ 편의점
- ☐

**2 휴대폰에서 지도를 찾아서 친구에게 보여 주세요. 휴대폰이 없으면 간단하게 지도를 그려 보세요.**
請在手機尋找地圖，並給你的朋友看。如果沒有手機，請簡單畫出地圖。

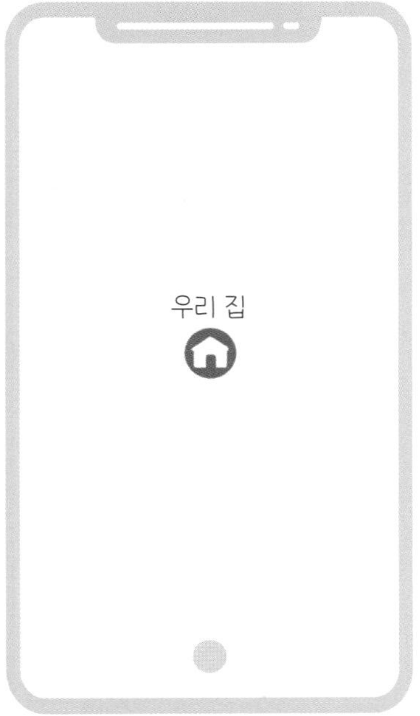


물건 物品　　거리 街道

3 **이사 온 친구에게 지도를 보여 주면서 우리 동네를 안내해 주세요.**
請給新搬來的朋友看地圖，一邊介紹你所在的社區。

4 **친구에게 더 알고 싶은 장소가 있는지 물어보세요.**
請詢問朋友是否有想進一步了解的地方。

세탁소 洗衣店　　머리를 하다 做頭髮

## 한국의 교통 약자 배려석에 대해서 알아요?

你知道韓國的博愛座嗎？

버스나 지하철에서 색깔이 다른 자리를 봤어요?
여기에는 누가 앉을 수 있어요?

↳ 여러분 나라에도 교통 약자 배려석이 있어요?

**발음**
發音

53

모음 사이나 받침 'ㄴ, ㄹ, ㅁ, ㅇ' 뒤에 오는 'ㅎ'은 약하게 발음하는 경향이 있습니다.
「ㅎ」在母音之間，或是接在終聲「ㄴ、ㄹ、ㅁ、ㅇ」之後，通常會弱化發音。

예 가: 어디로 가세요?
나: 공항으로 가 주세요.

가: 어디에서 내려 드릴까요?
나: 좌회전해서 내려 주세요.

**자기 평가**
自我評量

- [ ] 집에서 공항까지 어떻게 가면 좋을까요?
- [ ] 이 근처에 편의점이 어디에 있는지 알아요?

교통 약자 배려석 博愛座

# 8

# 모임 聚會

1 이 사람들은 뭐 하고 있어요?

2 친구들하고 어떤 모임을 해 봤어요?

# 축하 파티를 하기로 했어요

我們決定辦慶祝派對

| | | |
|---|---|---|
| 이사하다 搬家 | 환영하다 歡迎 | 떠나다 離開 |
| 집들이 喬遷宴 | 환영회 歡迎會 | 송별회 歡送會 |

## 친구들과 모임을 준비해 보세요.
請和朋友一起準備聚會。

**1 하고 싶은 모임에 대해서 이야기해 보세요.**
請說說看你想舉辦的聚會。

| 모임을 하고 싶은 이유 | |
|---|---|
| 날짜와 시간 | |
| 장소 | |

**2 뭐가 필요할까요? 준비할 것을 써 보세요.**
你需要什麼東西呢？請把要準備的東西寫下來。

| 준비할 것 | • 먹을 것(과자, 과일, …)<br>•<br>•<br>•<br>• |
|---|---|

곧 立刻、馬上　연말 年底　과자 餅乾

## 3 누가 뭘 준비할 거예요? 정해 보세요.

請決定好誰要準備哪些東西。

| | 준비할 것 |
|---|---|
| 나 | |
| 친구 이름: | |
| 친구 이름: | |
| 친구 이름: | |

## 4 여러분이 준비한 모임에 대해서 반 친구들에게 이야기해 보세요.

請和班上朋友分享你所準備的聚會。

## 한국에서는 모임을 하면 누가 식사비를 낼까요?

在韓國聚會的時候，誰來付餐費呢？

돈을 내는 사람이 누구인 것 같아요?
언제 돈을 각자 낼까요?

≫ 여러분 나라에서는 모임을 하면 누가 돈을 내요?

**발음**
發音

61

받침 'ㄷ, ㅌ'은 '이, 여' 앞에서 [ㅈ, ㅊ]로 발음합니다.
終聲「ㄷ、ㅌ」在「이、여」的前面時，讀為[ㅈ、ㅊ]。

예 가: 아직 선물을 안 샀으면 같이 사요.
나: 좋아요.

가: 저도 도와줄게요.
나: 고마워요. 벽에 풍선을 붙여 주세요.

**자기 평가**
自我評量

- ☐ 주말에 특별한 계획이 있어요?
- ☐ 모임을 하면 뭘 준비해야 돼요?

식사비 餐點費　　각자 各自

# 9

# 건강한 생활 健康的生活

9-1 약을 먹는 게 어때요?

9-2 목이 부은 것 같아요

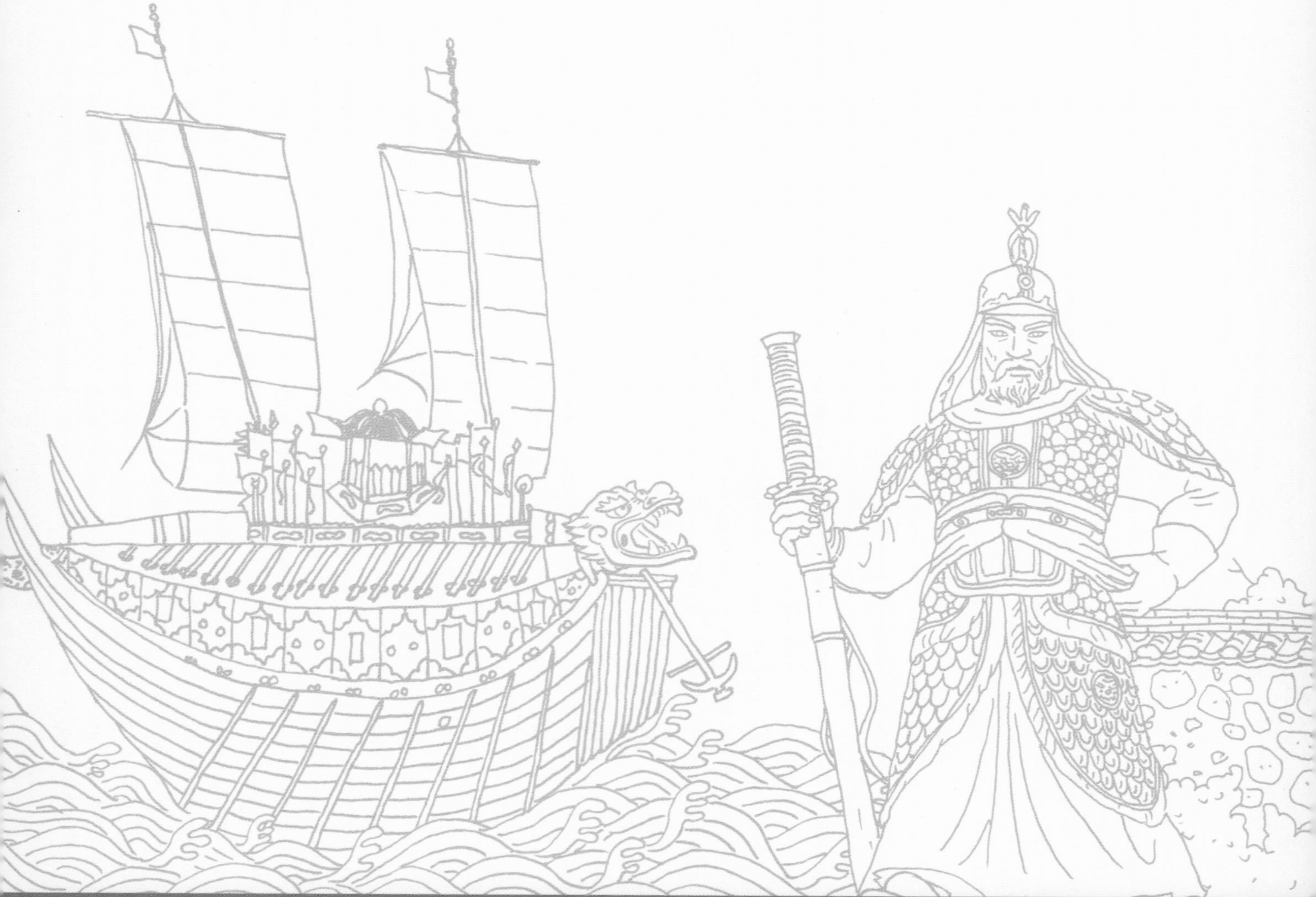

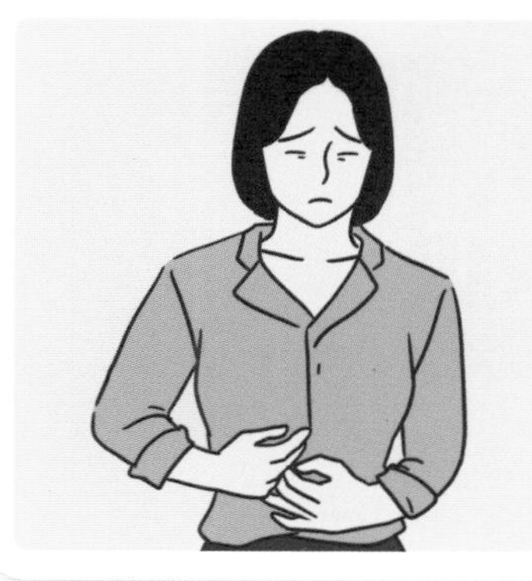

1 여기가 어디인지 알아요?

2 병원에 가 봤어요? 어디가 아파서 갔어요?

# 약을 먹는 게 어때요?

要不要吃個藥？

입맛이 없다

잠을 잘 못 자다

기운이 없다

머리가 빠지다

살이 찌다

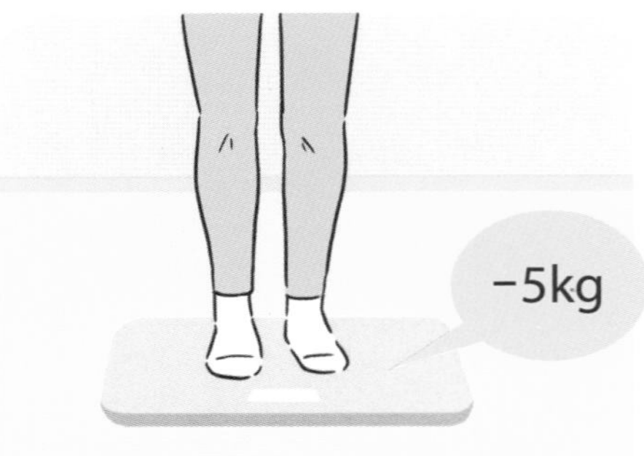


살이 빠지다

입맛이 없다 沒有胃口
기운이 없다 沒有力氣
살이 찌다 變胖

잠을 잘 못 자다 睡不好
머리가 빠지다 掉頭髮
살이 빠지다 變瘦

읽기 2

## 건강 상담 게시판입니다. 잘 읽고 질문에 답해 보세요.

以下是健康諮詢佈告欄。讀完後請回答問題。

68

온라인 건강 상담

| 제목 | 소화가 안 되고 기운이 없습니다. |
|---|---|
| 성명 | 이유진 |
| 증상 | 안녕하세요, 저는 35살이고 여자 회사원입니다.<br>요즘 입맛이 없고 소화도 안 됩니다. 보통 8시간 정도 자지만 아침에 일어나면 잠을 **잔 것 같지** 않고 피곤합니다. 머리도 아프고 손과 발이 많이 **부었습니다**.<br>소화제와 비타민도 먹고 있습니다. 지난주에는 일도 안 하고 푹 쉬었지만 계속 몸이 좋지 않습니다. 어떻게 하면 좋을까요? |

**1** 유진은 왜 이 글을 썼어요? 맞는 것을 고르세요.

① 의사의 조언을 들으려고
② 회사에 휴가를 신청하려고
③ 건강에 좋은 약을 찾으려고

**2** 유진의 증상으로 알맞은 그림을 모두 고르세요.

① 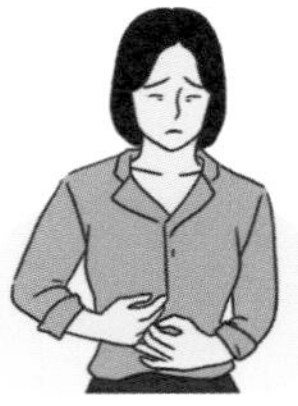 ②  ③  ④ 

## 언제 많이 아팠어요? 증상이 어땠어요? 어떻게 해서 나았어요?

你什麼時候生過很嚴重的病呢？出現了什麼樣的症狀？怎麼好起來的？

저는 2년 전에 많이 아팠어요. …

온라인 線上　상담 諮詢　제목 標題　증상 症狀　비타민 維他命　조언을 듣다 聽取建議

준비 **건강에 대해서 어떤 고민이 있어요? 메모해 보세요.**
你有什麼健康方面的煩惱嗎？請筆記下來。

| 개인 정보 | 증상 | 어떤 것을 해 봤어요? |
|---|---|---|
| 나이:<br>성별:<br>직업: | | |

쓰기 **건강 고민에 대해서 상담하는 글을 써 보세요.**
請撰寫諮詢健康煩惱的文章。

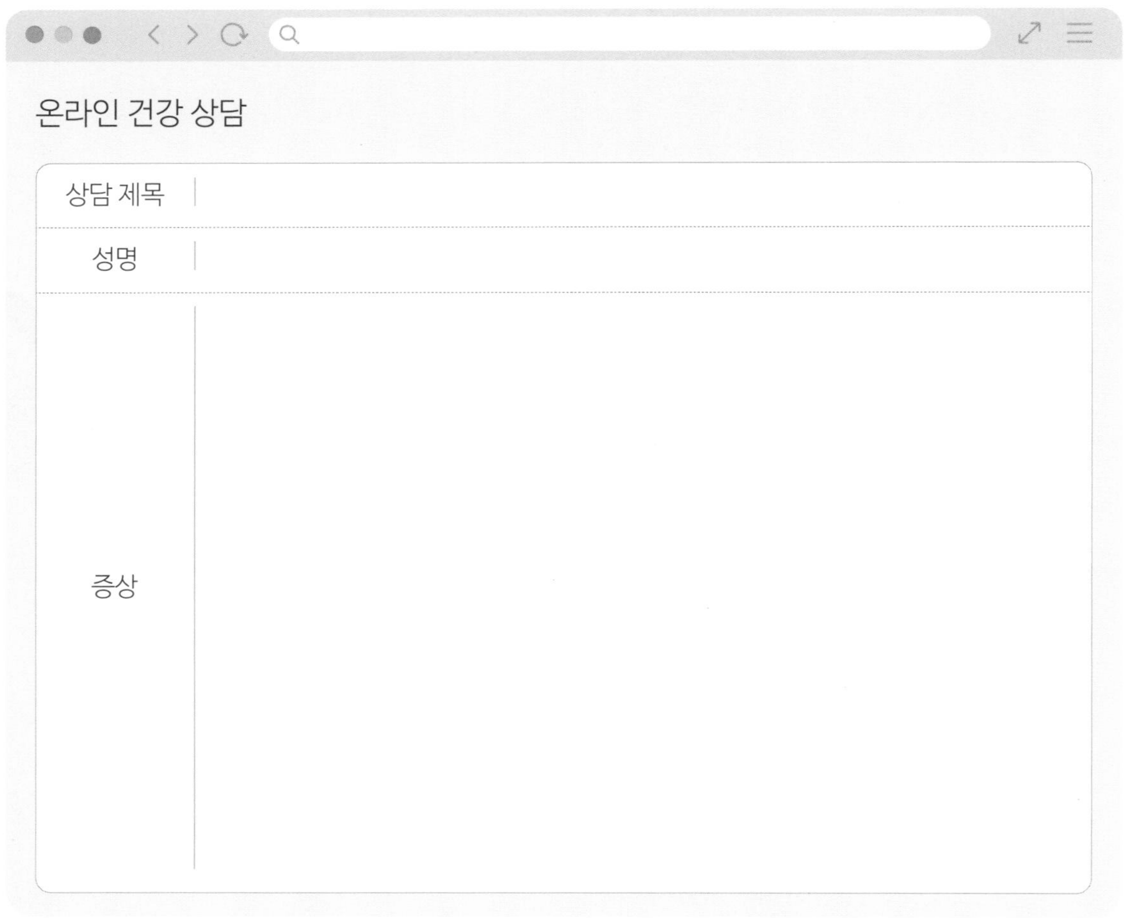


개인 個人

課堂活動

# 과제

**여러분의 증상에 대해서 친구와 의사에게 이야기해 보세요.**
請對朋友和醫師說說你的症狀。

## 1 환자 카드를 보고 친구와 이야기하세요.
請看著醫療卡和朋友說說看。

아야나 씨, 어디 아파요? 얼굴이 안 좋아 보여요.

네. 어제부터 목이 붓고 콧물이 나와요.

그래요? 그럼 이비인후과에 가 보는 게 어때요?

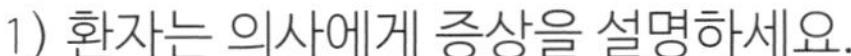

## 2 병원에 가서 의사와 이야기하세요.
請到醫院和醫生說說看。

1) 환자는 의사에게 증상을 설명하세요.

어서 오세요. 어디가 불편해서 오셨어요?

목이 많이 부었어요. 콧물도 나와요.

언제부터 아프셨어요?

어제부터 아팠어요.

2) 의사는 환자의 설명을 들으면서 의사 카드에 증상을 메모하고 알맞은 처방을 해 주세요.

## 3 병원에 갔다 와서 친구한테 이야기해 보세요.

去完醫院後，再告訴你的朋友。

무리하다 過分、勉強

## 편의점에서도 약을 살 수 있어요.

在便利商店也可以買到藥。

약국이 문을 닫으면 어디에서 약을 살 수 있어요?
편의점에서 무슨 약을 살 수 있어요?

© 뉴시스

두통약

감기약

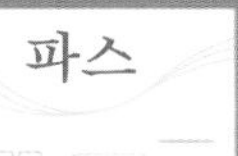


≫ 여러분 나라에서는 약을 어디에서 살 수 있어요?

**발음**
發音

69

받침 'ㅎ'은 뒤에 오는 'ㄱ, ㄷ, ㅈ'과 합쳐져서 [ㅋ, ㅌ, ㅊ]로 발음합니다.
終聲「ㅎ」與之後的「ㄱ、ㄷ、ㅈ」結合，讀為[ㅋ、ㅌ、ㅊ]。

예 가: 어떻게 오셨어요?
나: 머리가 좀 아파서 왔는데요.

가: 이제 아프지 않지요?
나: 네. 약을 먹고 다 나았어요.

**자기 평가**
自我評量

- ☐ 건강에 대한 고민이 있어요?
- ☐ 어디가 아파서 병원에 갔어요?

서울대 한국어+

2A

## 부록 附錄

활동지 活動學習單

번역 翻譯

듣기 지문 聽力原文

모범 답안 參考答案

어휘 색인 單字索引

**집필진** 編寫團隊

장소원 張素媛
서울대학교 국어국문학과 교수
首爾大學韓國語文學系教授
파리 5대학교 언어학 박사
巴黎第五大學語言學博士

김현진 金賢眞
서울대학교 언어교육원 대우전임강사
首爾大學語言教育院待遇專任講師
서울대학교 영어교육학 박사 수료
首爾大學英語教育學博士修了

김슬기 金膝倚
서울대학교 언어교육원 대우전임강사
首爾大學語言教育院待遇專任講師
서울대학교 국어교육학 석사
首爾大學韓語教育學碩士

이정민 李貞慜
서울대학교 언어교육원 대우전임강사
首爾大學語言教育院待遇專任講師
서울시립대학교 국어국문학 박사 수료
首爾市立大學韓國語文學博士修了

**번역** 翻譯

이수잔소명 Lee Susan Somyoung
통번역가
口筆譯者
서울대학교 한국어교육학 석사
首爾大學韓國語教育學碩士

**번역 감수** 翻譯審定

손성옥 Sohn Sung-Ock
UCLA 아시아언어문화학과 교수
UCLA 亞洲語言文化學系教授

**감수** 審定

김은애 金恩愛
전 서울대학교 언어교육원 대우교수
前首爾大學語言教育院待遇教授

**자문** 顧問

한재영 韓在永
한신대학교 명예교수
韓神大學名譽教授

최은규 崔銀圭
전 서울대학교 언어교육원 대우교수
前首爾大學語言教育院待遇教授

**도와주신 분들** 其他協助者

디자인 設計 (주)이츠북스 ITSBOOKS
삽화 插圖 (주)예성크리에이티브 YESUNG Creative
녹음 錄音 미디어리더 Media Leader

首爾大學韓國語 +. 2A / 首爾大學語言教育院著 ; 林侑毅翻譯 . -- 初版 . -- 臺北市 : 日月文化出版股份有限公司 , 2025.02
184 面 ; 21*28 公分 . -- （EZKorea 教材 ; 28）
ISBN 978-626-7516-88-1（平裝）
1.CST: 韓語 2.CST: 讀本
803.28 113018161

EZKorea 教材 28

# 首爾大學韓國語⁺2A

作　　者：首爾大學語言教育院
翻　　譯：林侑毅
編　　輯：葉羿妤
校　　對：何睿哲、陳金巧
封面製作：初雨有限公司（ivy_design）
內頁排版：簡單瑛設
部分圖片：shutterstock、gettyimagesKorea
行銷企劃：張爾芸

發 行 人：洪祺祥
副總經理：洪偉傑
副總編輯：曹仲堯
法律顧問：建大法律事務所
財務顧問：高威會計師事務所

出　　版：日月文化出版股份有限公司
製　　作：EZ 叢書館
地　　址：臺北市信義路三段 151 號 8 樓
電　　話：(02) 2708-5509
傳　　真：(02) 2708-6157
客服信箱：service@heliopolis.com.tw
網　　址：http://www.heliopolis.com.tw/
郵撥帳號：19716071 日月文化出版股份有限公司

總 經 銷：聯合發行股份有限公司
電　　話：(02) 2917-8022
傳　　真：(02) 2915-7212
印　　刷：中原造像股份有限公司
初　　版：2025 年 2 月
定　　價：450 元
I S B N：978-626-7516-88-1

## ❷ 動-(으)ㄹ 줄 알다/모르다

▶ 동사 어간에 붙어서 어떤 일을 하는 방법을 알거나 능력이 있는지를 나타냅니다.
接在動詞詞幹後面，表示知道做某件事的方法與否，或具有其能力與否。

| | | | |
|---|---|---|---|
| 動 | -을 줄 알다/모르다 | 읽다 | **읽을 줄 알다** |
| | -ㄹ 줄 알다/모르다 | 농구하다 | **농구할 줄 알다** |

* 'ㄹ' 받침의 동사는 'ㄹ'을 탈락시키고 '-ㄹ 줄 알다/모르다'를 사용합니다.
帶有終聲「ㄹ」的動詞，應將「ㄹ」脫落，使用「-ㄹ 줄 알다/모르다」。

예 저는 한글을 **읽을 줄 몰라요.**
저는 테니스를 **칠 줄 알아요.**

가: 김밥을 **만들 줄 알아요**?
나: 아니요. **만들 줄 몰라요.**

TIPS

| 動-(으)ㄹ 줄 알다/모르다 | 動-(으)ㄹ 수 있다/없다 |
|---|---|
| 방법을 아는지 모르는지가 중요합니다.<br>重要的是知道方法與否。<br>예 수영할 줄 알아요. (○)<br>걸을 줄 알아요. (×) | 능력이 있는지 없는지가 중요합니다.<br>重要的是具有能力與否。<br>예 수영할 수 있어요. (○)<br>걸을 수 있어요. (○) |
| 어떤 상황에서 그 일이 가능한지를 나타낼 때 사용할 수 없습니다.<br>不可以用於表示特定情況下某個行為的可能性。<br>예 주말에 파티에 올 줄 알아요? (×)<br>술을 마셔서 지금 운전할 줄 모릅니다. (×) | 어떤 상황에서 그 일이 가능한지를 나타낼 때 사용할 수 있습니다.<br>可以用於表示特定情況下某個行為的可能性。<br>예 주말에 파티에 올 수 있어요? (○)<br>술을 마셔서 지금 운전할 수 없습니다. (○) |

## ❸ 名(이)나 1

▶ 명사에 붙어서 둘 이상의 것 중 하나를 선택함을 나타냅니다.
接在名詞後面，表示從兩個以上的選項中擇一。

| 名 | | | |
|---|---|---|---|
| | 이나 | 김밥 | **김밥이나** |
| | 나 | 우유 | **우유나** |

예 **도서관이나** 카페에서 숙제를 해요.
아침에 **빵이나** 과일을 먹습니다.

가: 방학에 어디에 가고 싶어요?
나: **제주도나** 부산에 가고 싶어요.

## ❹ 動-거나

▶ 동사 어간에 붙어서 둘 이상의 행동 중 하나를 선택함을 나타냅니다.
接在動詞詞幹後面，表示從兩個以上的行動中擇一。

| | | | |
|---|---|---|---|
| 動 | -거나 | 먹다 | **먹거나** |
| | | 가다 | **가거나** |

예 주말에 같이 밥을 **먹거나** 영화를 볼까요?
부모님이 보고 싶으면 **전화하거나** 사진을 봐요.

가: 한국어 공부가 끝나면 뭐 하고 싶어요?
나: 대학원에 **가거나** 한국 회사에 취직하고 싶어요.

## ❶ 動-아/어 보다

▶ 동사 어간에 붙어서 시도나 경험을 나타냅니다.
接在動詞詞幹後面，表示嘗試或經驗。

| | | | | | |
|---|---|---|---|---|---|
| 動 | ㅏ, ㅗ | ➡ | -아 보다 | 가다 | **가 보다** |
| | 그 외 모음 | ➡ | -어 보다 | 만들다 | **만들어 보다** |
| | 하다 | ➡ | 해 보다 | 요리하다 | **요리해 보다** |

예 KTX를 **타 봤어요**.
아르바이트를 **해 봤어요**.

가: 불고기를 **먹어 봤어요**?
나: 아니요. 아직 안 **먹어 봤어요**.
가: 그럼 한번 **먹어 보세요**. 맛있어요.

## ❷ 動形-(으)니까, 名(이)니까

▶ 동사나 형용사 어간에 '-(으)니까', 명사에 '(이)니까'가 붙어서 이유를 나타냅니다.
動詞或形容詞詞幹接上「-(으)니까」、名詞接上「(이)니까」，表示原因。

| 動形 | -으니까 | 먹다 | **먹으니까** |
|---|---|---|---|
| | -니까 | 싸다 | **싸니까** |

* 'ㄹ' 받침의 동사나 형용사는 'ㄹ'을 탈락시키고 '-니까'를 사용합니다.
帶有終聲「ㄹ」的動詞或形容詞，應將「ㄹ」脫落，使用「-니까」。

| 名 | 이니까 | 학생 | **학생이니까** |
|---|---|---|---|
| | 니까 | 의사 | **의사니까** |

예 내일 시험을 **보니까** 열심히 공부하세요.
여기는 **도서관이니까** 조용히 하세요.

가: 수업 끝나고 뭐 할까요?
나: 오늘 날씨가 **좋으니까** 한강에 갈까요?

가: 뭘 타고 갈까요?
나: 조금 **머니까** 버스를 타고 가요.

| 動形-(으)니까 | 動形-아서/어서 |
| --- | --- |
| '-(으)세요', '-(으)ㅂ시다', '-(으)ㄹ까요?'와 함께 자주 사용합니다.<br>經常與「-(으)세요」、「-(으)ㅂ시다」、「-(으)ㄹ까요?」一起使用。<br>예 열이 나니까 약을 드세요. (○)<br>배고프니까 식당에 갑시다. (○)<br>더우니까 아이스크림을 먹을까요? (○) | '-(으)세요', '-(으)ㅂ시다', '-(으)ㄹ까요?'와 함께 사용할 수 없습니다.<br>不可以與「-(으)세요」、「-(으)ㅂ시다」、「-(으)ㄹ까요?」一起使用。<br>예 열이 나서 약을 드세요. (×)<br>배고파서 식당에 갑시다. (×)<br>더워서 아이스크림을 먹을까요? (×) |
| '-았/었-'과 함께 사용할 수 있습니다.<br>可以與「-았/었-」一起使用。<br>예 감기에 걸렸으니까 집에서 쉬세요. (○) | '-았/었-'과 함께 사용할 수 없습니다.<br>不可以與「-았/었-」一起使用。<br>예 감기에 걸렸어서 집에서 쉴 거예요. (×) |

▶ 예의 있게 이유를 설명할 때에는 '-(으)니까'를 사용하지 않는 것이 좋습니다.
想要禮貌地說明原因時，最好避免使用「-(으)니까」。

예 늦어서 죄송합니다. (○)
늦었으니까 죄송합니다. (×)

도와주셔서 감사합니다. (○)
도와주셨으니까 감사합니다. (×)

## ❸ 名 동안

▶ 시간이나 기간의 의미를 가진 명사 뒤에서 어떤 행위나 상태가 계속되고 있는 시간의 길이를 나타냅니다.

接在帶有時間或期間意義的名詞後，表示某個行為或狀態持續的時間長度。

| 名 | 동안 | 방학 | **방학 동안** |
|---|---|---|---|
| | | 휴가 | **휴가 동안** |

예 저는 **일 년 동안** 한국에 살 거예요.
우리는 **방학 동안** 태권도를 배웠습니다.

가: 하루에 **몇 시간 동안** 운동해요?
나: **한 시간 동안** 운동해요.

## ④ 動-고 나서

▶ 동사 어간에 붙어서 어떤 행위를 끝내고 다른 행위를 하거나 다른 상황이 일어나는 것을 나타냅니다.
接在動詞詞幹後面，表示結束某個行為後，進行另一個行為或發生其他情況。

| 動 | -고 나서 | 먹다 | **먹고 나서** |
|---|---|---|---|
| | | 가다 | **가고 나서** |

예 밥을 **먹고 나서** 약을 먹어야 해요.
**운동하고 나서** 샤워했어요.
숙제를 **하고 나서** 저녁 먹을 거예요.

가: 지금 예약해야 돼요?
나: 아니요. 천천히 **생각해 보고 나서** 연락 주세요.

## ④ 名(으)로

▶ 명사에 붙어서 어떤 일의 수단이나 도구임을 나타냅니다.
接在名詞後面，表示該名詞為某件事的手段或工具。

| | | | |
|---|---|---|---|
| 名 | 으로 | 볼펜 | **볼펜으로** |
| | 로 | 지우개 | **지우개로** |

* ‘ㄹ’ 받침의 명사는 ‘로’를 붙입니다.
帶有終聲「ㄹ」的名詞，後面接上「로」。

예 편지를 **손으로** 썼어요.
젓가락이 없으니까 **포크로** 드세요.

가: 학교에 뭘 타고 갔어요?
나: **지하철로** 갔어요.

## ❶ 動-는데요, 形-(으)ㄴ데요, 名인데요

▶ 동사 어간에 '-는데요', 형용사 어간에 '-(으)ㄴ데요', 명사에 '인데요'를 붙여 어떤 사실을 전달하면서 듣는 사람의 반응을 기대할 때 사용합니다.

動詞詞幹接上「-는데요」、形容詞詞幹接上「-(으)ㄴ데요」、名詞接上「인데요」，用於傳達某件事實，同時期待聽者的反應。

| 動 | -는데요 | 먹다 | **먹는데요** |
|---|---|---|---|
| | | 가다 | **가는데요** |

* 'ㄹ' 받침의 동사는 'ㄹ'을 탈락시킵니다.
  帶有終聲「ㄹ」的動詞，應將「ㄹ」脫落。

| 形 | -은데요 | 작다 | **작은데요** |
|---|---|---|---|
| | -ㄴ데요 | 크다 | **큰데요** |

* 'ㄹ' 받침의 형용사는 'ㄹ'을 탈락시키고 '-ㄴ데요'를 사용합니다.
  帶有終聲「ㄹ」的形容詞，應將「ㄹ」脫落，使用「-ㄴ데요」。

| 名 | 인데요 | 학생 | **학생인데요** |
|---|---|---|---|
| | | 친구 | **친구인데요** |

예 가: 운동하러 가요?
나: 아니요. 학교에 **가는데요.**

가: 어디에 사세요?
나: 서울대 기숙사에 **사는데요.**

가: 옷이 잘 맞아요?
나: 아니요. 저한테 좀 **작은데요.**

가: 바지가 어떠세요?
나: 좀 **긴데요.** 더 짧은 거 있어요?

가: 하이 씨 동생이에요?
나: 아니요. 우리 **형인데요**.

▶ '있다, 없다'는 '-는데요'와 결합합니다.
「있다、없다」與「-는데요」結合使用。

예 가: 음식이 입에 잘 맞아요?
나: 네. **맛있는데요**.

▶ 과거의 상황을 나타낼 때에는 '-았는데요/었는데요'를 사용합니다.
表示過去的情況時，使用「-았는데요/었는데요」。

예 가: 유진 씨는 어디에 있어요?
나: 화장실에 **갔는데요**.

가: 어제는 날씨가 어땠어요?
나: **따뜻했는데요**.

가: 김 선생님을 만나러 **왔는데요**.
나: 김 선생님은 지금 수업하고 계세요.

▶ 받침이 없는 명사의 경우 '-ㄴ데요'로 줄여서 사용할 수 있습니다.
名詞沒有終聲時，可以省略為「-ㄴ데요」。

예 이 사람은 우리 **언닌데요**. 회사에 다녀요.

## ❷ 動形-(으)ㄹ 거예요

▶ 동사나 형용사 어간에 붙어서 어떤 상황이나 사실에 대한 추측을 나타냅니다.
接在動詞或形容詞詞幹後面，表示對某種情況或事實的推測。

| 動形 | -을 거예요 | 읽다 | **읽을 거예요** |
|---|---|---|---|
| | -ㄹ 거예요 | 비싸다 | **비쌀 거예요** |

* 'ㄹ' 받침의 동사와 형용사는 'ㄹ'을 탈락시키고 '-ㄹ 거예요'를 사용합니다.
帶有終聲「ㄹ」的動詞與形容詞，應將「ㄹ」脫落，使用「-ㄹ 거예요」。

예 에릭 씨는 치킨을 좋아하니까 삼계탕도 **잘 먹을 거예요.**
방금 만든 빵이니까 드셔 보세요. **맛있을 거예요.**

가: 서울대학교까지 버스로 얼마나 걸려요?
나: 보통 20분쯤 걸려요. 그런데 지금 퇴근 시간이라서 더 오래 **걸릴 거예요.**

가: 테오 씨 전화번호를 아세요?
나: 아니요. 저는 모르는데요. 아마 다니엘 씨가 **알 거예요.**

▶ 과거의 상황에 대해 추측할 때는 '-았을/었을 거예요'를 사용합니다.
推測過去的情況時，使用「-았을/었을 거예요」。

예 제니 씨는 아마 아르바이트하러 **갔을 거예요.**

## ❸ '르' 불규칙

▶ 어간이 '르'로 끝나는 동사나 형용사는 '-아/어'와 만나면 '—'가 탈락하고 'ㄹ'이 삽입됩니다. 그래서 'ㄹㄹ' 형태가 됩니다. 어간이 '르'로 끝나는 동사에는 '누르다, 모르다, 부르다, 오르다, 서두르다', 형용사에는 '빠르다, 다르다' 등이 있습니다.

詞幹以「르」結尾的動詞或形容詞，後面接上「-아/어」時，「—」脫落，前面加上「ㄹ」，變成「ㄹㄹ」的型態。詞幹以「르」結尾的動詞，有「누르다、모르다、부르다、오르다、서두르다」，形容詞有「빠르다、다르다」等。

| | -습니다/ㅂ니다 | -아요/어요 | -(으)ㄹ 거예요 | -는데요/(으)ㄴ데요 |
|---|---|---|---|---|
| 모르다 | 모릅니다 | 몰라요 | 모를 거예요 | 모르는데요 |
| 오르다 | 오릅니다 | 올라요 | 오를 거예요 | 오르는데요 |
| 누르다 | 누릅니다 | 눌러요 | 누를 거예요 | 누르는데요 |
| 부르다 | 부릅니다 | 불러요 | 부를 거예요 | 부르는데요 |
| 서두르다 | 서두릅니다 | 서둘러요 | 서두를 거예요 | 서두르는데요 |
| 다르다 | 다릅니다 | 달라요 | 다를 거예요 | 다른데요 |
| 빠르다 | 빠릅니다 | 빨라요 | 빠를 거예요 | 빠른데요 |

예 선생님이 학생의 이름을 **불렀어요.**
한국과 우리 나라는 문화가 **달라서** 재미있어요.

가: 왜 지하철을 타고 왔어요?
나: 출근 시간에는 지하철이 택시보다 **빨라요.**

## ④ 動-(으)면 되다

▶ 동사 어간에 붙어서 조건이 되는 어떤 행동을 하면 문제가 없거나 충분함을 나타냅니다.
接在動詞詞幹後面，表示做滿足某個條件的行為時，就不會有問題或已經足夠。

| | | | |
|---|---|---|---|
| 動 | -으면 되다 | 먹다 | **먹으면 되다** |
| | -면 되다 | 가다 | **가면 되다** |

* 'ㄹ' 받침의 동사는 '-면 되다'를 사용합니다.
帶有終聲「ㄹ」的動詞，使用「-면 되다」。

예 현금이 없으면 카드로 **내면 됩니다.**

가: 선생님, 이 책을 언제까지 읽어야 돼요?
나: 이번 주 토요일까지 **읽으면 돼요.**

가: 학생증을 잃어버렸어요. 어떻게 하지요?
나: 사무실에 가서 다시 **만들면 됩니다.**

## ❶ 名마다

▶ 명사에 붙어서 '빠짐없이, 모두'의 뜻을 나타내거나 시간을 나타내는 명사에 붙어서 상황이 반복됨을 나타냅니다.
接在名詞後面，表示「無一例外、全部」的意思；或是接在時間名詞後面，表示情況的反覆發生。

| 名 | 마다 | 10분 | **10분마다** |
|---|---|---|---|
| | | 나라 | **나라마다** |

예 저는 **날마다** 한국어를 공부해요.
이 버스는 **10분마다** 옵니다.
**나라마다** 문화가 달라요.

가: 여름방학에 뭐 할 거예요?
나: 우리 가족은 **여름방학마다** 제주도에 가요.

TIPS

'날마다', '주마다', '달마다', '해마다'는 '매일', '매주', '매달/매월', '매년/매해'로 바꿀 수 있습니다.
「날마다」、「주마다」、「달마다」、「해마다」可以替換為「매일」、「매주」、「매달/매월」、「매년/매해」。

## ❷ 動-(으)ㄹ게요

▶ 동사 어간에 붙어서 말하는 사람의 의지나 약속을 나타냅니다.
接在動詞詞幹後面，表示話者的意志或約定。

| | | | |
|---|---|---|---|
| 動 | -을게요 | 읽다 | **읽을게요** |
| | -ㄹ게요 | 사다 | **살게요** |

* 'ㄹ' 받침의 동사는 'ㄹ'을 탈락시키고 '-ㄹ게요'를 사용합니다.
帶有終聲「ㄹ」的動詞，應將「ㄹ」脫落，使用「-ㄹ게요」。

예 제가 방을 **닦을게요.**
제가 피자를 **만들게요.**

가: 누가 나나 씨한테 전화할 거예요?
나: 제가 **할게요.**

▶ 격식적인 상황에서는 '-겠습니다'를 사용합니다.
在正式的場合中，使用「-겠습니다」。

예 제가 식당을 **예약하겠습니다.**
다음 주에 다시 **오겠습니다.**

## ❶ 動形-(으)ㄹ까요?

▶ 동사나 형용사의 어간에 붙여 추측을 하면서 질문할 때 사용합니다.
接在動詞或形容詞詞幹後面，用於推測並提問時。

| | | | |
|---|---|---|---|
| 動形 | -을까요? | 먹다 | **먹을까요?** |
| | -ㄹ까요? | 싸다 | **쌀까요?** |

* 'ㄹ' 받침의 동사나 형용사는 'ㄹ'을 탈락시키고 '-ㄹ까요'를 사용합니다.
帶有終聲「ㄹ」的動詞或形容詞，應將「ㄹ」脫落，使用「-ㄹ까요」。

예 지금 출발하면 수업 시간에 **늦을까요**?
기차표를 살 수 **있을까요**?
내일도 날씨가 **더울까요**?
내일 도서관이 문을 **열까요**?

가: 이 옷이 아야나 씨에게 **클까요**?
나: 글쎄요. 저도 잘 모르겠어요.

▶ 과거의 상황에 대해 추측하면서 질문할 때는 '-았을까요/었을까요?'를 사용합니다.
推測過去的情況並提問時，使用「-았을까요/었을까요？」。

예 수업이 **끝났을까요**?

비행기가 **도착했을까요**?

▶ 명사에는 '일까요?'를 붙여 사용합니다.
名詞後面接上「일까요？」。

예 가: 저 사람이 **학생일까요**?
나: 아니요. 선생님일 거예요.

## ❷ 動形-(으)ㄹ 것 같다, 名일 것 같다

▶ 동사나 형용사 어간에 '-(으)ㄹ 것 같다', 명사에 '일 것 같다'가 붙어서 여러 상황으로 미루어 막연히 추측할 때 사용합니다.
動詞或形容詞詞幹接上「-(으)ㄹ 것 같다」、名詞接上「일 것 같다」，用於根據各種情況進行不確定性較高的推測時。

| 動形 | -을 것 같다 | 먹다 | **먹을 것 같다** |
|---|---|---|---|
| | -ㄹ 것 같다 | 싸다 | **쌀 것 같다** |

* 'ㄹ' 받침의 동사나 형용사는 'ㄹ'을 탈락시키고 '-ㄹ 것 같다'를 사용합니다.
帶有終聲「ㄹ」的動詞或形容詞，應將「ㄹ」脫落，使用「-ㄹ 것 같다」。

| 名 | 일 것 같다 | 학생 | **학생일 것 같다** |
|---|---|---|---|
| | | 친구 | **친구일 것 같다** |

예 그 옷이 좀 **작을 것 같아요.**
가방이 **무거울 것 같아요.**
바지가 저한테 좀 **길 것 같아요.**
피자가 너무 커서 다 **못 먹을 것 같아요.**

가: 지금 길이 복잡할까요?
나: 네. 비가 와서 길이 **막힐 것 같아요.**

▶ 과거의 상황에 대해 추측할 때는 '-았을/었을 것 같다'를 사용합니다.
推測過去的情況時，使用「-았을/었을 것 같다」。

예 어제 등산했지요? 날씨가 안 좋아서 **힘들었을 것 같아요.**
지금은 9시니까 동생이 **일어났을 것 같아요.**

## ③ 動-는지 알다/모르다, 名인지 알다/모르다

▶ 동사의 어간에 '-는지 알다/모르다', 명사에 '인지 알다/모르다'를 붙여 어떤 사실이나 방법을 알고 있는지 묻거나 대답할 때 사용합니다. 보통 '누구, 언제, 무엇, 어디, 왜' 등과 같은 의문사와 함께 사용합니다.

動詞詞幹接上「-는지 알다/모르다」、名詞接上「인지 알다/모르다」，用於詢問或回答是否知道某個事實或方法時。通常與「누구、언제、무엇、어디、왜」等疑問詞一起使用。

| 動 | -는지 알다/모르다 | 먹다 | **먹는지 알다** |
|---|---|---|---|
| | | 가다 | **가는지 알다** |

* 'ㄹ' 받침의 동사는 'ㄹ'을 탈락시킵니다.
  帶有終聲「ㄹ」的動詞，應將「ㄹ」脫落。

| 名 | 인지 알다/모르다 | 무엇 | **무엇인지 알다** |
|---|---|---|---|
| | | 어디 | **어디인지 알다** |

예 비행기가 몇 시에 **도착하는지 아세요**?
저는 김밥을 어떻게 **만드는지 몰라요**.
마리 씨가 왜 학교에 **안 왔는지 알아요**?

가: 닛쿤 씨 생일이 **며칠인지 알아요**?
나: 저도 닛쿤 씨 생일이 **며칠인지 모르겠어요**.

▶ 받침이 없는 의문사 뒤에서는 줄여서 사용할 때가 많습니다. '무엇'의 줄임말인 '뭐'와 함께 쓸 때는 '뭐인지'라고 쓰지 않고 항상 '뭔지'로 줄여서 사용합니다.

接在沒有終聲的疑問詞後面，經常省略為「-ㄴ지」。而與「무엇」的縮寫「뭐」一起使用時，不寫為「뭐인지」，通常省略為「뭔지」。

예 화장실이 **어딘지 아세요**?
그 시계가 **얼만지 몰라요**.
이게 **뭔지 알아요**?

## ④ 動-다가

▶ 동사의 어간에 붙여 어떤 행동이나 상태가 다른 것으로 바뀔 때 사용합니다.
接在動詞詞幹後面，用於某個行為或狀態轉變為其他情況時。

| 動 | -다가 | 먹다 | **먹다가** |
|---|---|---|---|
| | | 자다 | **자다가** |

예 밥을 **먹다가** 전화를 받았어요.
어젯밤에 숙제를 **하다가** 너무 피곤해서 잤어요.

가: 은행이 어디에 있어요?
나: 쭉 **가다가** 오른쪽으로 돌아가세요.

▶ 앞의 절과 뒤의 절의 주어가 같습니다.
前句和後句的主語相同。

예 저는 드라마를 보다가 울었어요. (○)
저는 드라마를 보다가 친구가 울었어요. (×)

TIPS

외부 상태의 변화를 표현할 때도 사용할 수 있습니다.
也可以用於表示外界情況轉變時。

예 아까는 비가 오다가 이제는 눈이 옵니다.

'-다' 로 줄여서 사용할 수 있습니다.
可以省略為「-다」。

예 휴대폰을 보다 잤어요.

## ❶ 動-기로 하다

▶ 동사의 어간에 붙어서 결정이나 결심, 약속의 뜻을 나타냅니다.
接在動詞詞幹後面，表示決定、決心、約定的意思。

| | | | |
|---|---|---|---|
| 動 | -기로 하다 | 먹다 | **먹기로 하다** |
| | | 가다 | **가기로 하다** |

예 오늘부터 담배를 **끊기로 했어요.**
이번 주말에 친구들과 여행 **가기로 했어요.**

가: 추석에 뭐 할 거예요?
나: 고향에 가서 가족들을 **만나기로 했어요.**

▶ '-기로 하다' 앞에는 '-았/었-'을 사용할 수 없습니다.
「-기로 하다」前面不可以使用「-았/었-」。

예 우리는 내일부터 운동을 시작하기로 했습니다. (○)
우리는 내일부터 운동을 시작했기로 했습니다. (×)

## ❷ 動-(으)ㄹ까 하다

▶ 동사의 어간에 붙어서 어떤 행동을 할 마음이나 생각이 있음을 나타냅니다.
接在動詞詞幹後面，表示有從事某個行動的念頭或想法。

| 動 | -을까 하다 | 먹다 | **먹을까 하다** |
|---|---|---|---|
| | -ㄹ까 하다 | 가다 | **갈까 하다** |

* 'ㄹ' 받침의 동사는 'ㄹ'을 탈락시키고 '-ㄹ까 하다'를 사용합니다.
帶有終聲「ㄹ」的動詞，應將「ㄹ」脫落，使用「-ㄹ까 하다」。

예 주말에 집에서 쉬면서 책을 **읽을까 해요.**
오후에 쇼핑하러 백화점에 **갈까 해요.**
이번 주말에 친구들하고 **놀까 해요.**

가: 오늘 뭐 먹을 거예요?
나: 매운 걸 먹고 싶어서 떡볶이를 **만들까 해요.**

## ❸ 動-(으)ㄹ 名

▶ 동사의 어간에 붙어서 명사를 수식하게 하고 그 동사로 표현되는 사건이나 행위가 일어나지 않았거나 정해진 사실이 아님을 나타냅니다.
接在動詞詞幹後面，用於修飾名詞，表示該動詞指稱的事件或行為尚未發生，或者仍是未定事實。

| | | | |
|---|---|---|---|
| 動 | -을 | 먹다 | **먹을** |
| | -ㄹ | 가다 | **갈** |

* 'ㄹ' 받침의 동사는 'ㄹ'을 탈락시키고 '-ㄹ'을 사용합니다.
帶有終聲「ㄹ」的動詞，應將「ㄹ」脫落，使用「-ㄹ」。

예 냉장고에 **먹을 게** 없어요.
지난 주말에 아르바이트를 해야 돼서 **공부할 시간**이 없었어요.
제가 오늘 **만들 음식**은 떡볶이예요.

가: 왜 안 들어가고 여기 있어요?
나: 지금 식당에 사람이 많아서 **앉을 자리**가 없어요.

## ④ 動形-(으)ㄹ 테니까

▶ 동사나 형용사의 어간에 붙어서 뒤의 내용에 대한 조건으로서 말하는 사람의 의지나 강한 추측을 나타냅니다.

接在動詞或形容詞詞幹後面，表示話者以後句內容為條件，展現個人意志或強烈的推測。

| | | | |
|---|---|---|---|
| 動形 | -을 테니까 | 먹다 | **먹을 테니까** |
| | -ㄹ 테니까 | 가다 | **갈 테니까** |

* 'ㄹ' 받침의 동사나 형용사는 'ㄹ'을 탈락시키고 '-ㄹ 테니까'를 사용합니다.
  帶有終聲「ㄹ」的動詞或形容詞，應將「ㄹ」脫落，使用「-ㄹ 테니까」。

예 제가 방을 **닦을 테니까** 책장 정리를 해 주세요.
출근 시간이라서 길이 **복잡할 테니까** 지하철을 타세요.
제가 음식을 **만들 테니까** 아야나 씨는 청소를 해 주세요.

가: 비가 올 것 같아요. 그런데 우산이 없어요.
나: 제가 **빌려줄 테니까** 걱정하지 마세요.

## ❶ 形-아/어 보이다

▶ 형용사의 어간에 붙어서 어떤 대상을 보고 그것에 대해 짐작하거나 판단함을 나타냅니다.
接在形容詞詞幹後面，用於看見某個對象後，對其表示猜測或判斷。

| | | | | | |
|---|---|---|---|---|---|
| 形 | ㅏ, ㅗ | ➡ | -아 보이다 | 작다 | **작아 보이다** |
| | 그 외 모음 | ➡ | -어 보이다 | 맛있다 | **맛있어 보이다** |
| | 하다 | ➡ | 해 보이다 | 깨끗하다 | **깨끗해 보이다** |

예 마리 씨는 오늘 기분이 **좋아 보여요.**
가방이 많이 **무거워 보이네요.**

가: 다니엘 씨의 나이를 알아요?
나: 아니요. 모르겠어요. 그런데 별로 나이가 **많아 보이지** 않아요.

## ❷ 動-는 게 어때요?

▶ 동사의 어간에 붙여 어떤 일을 조언하거나 권유할 때 사용합니다.
接在動詞詞幹後面，用於對某件事提出建議或勸告時。

| 動 | -는 게 어때요? | 먹다 | **먹는 게 어때요?** |
|---|---|---|---|
| | | 가다 | **가는 게 어때요?** |

* 'ㄹ' 받침의 동사는 'ㄹ'을 탈락시킵니다.
帶有終聲「ㄹ」的動詞，應將「ㄹ」脫落。

예 시간이 없으니까 택시를 **타는 게 어때요**?
안 쓰는 그릇은 **파는 게 어때요**?
태권도를 **배워 보는 게 어때요**?

가: 저는 매운 음식을 잘 못 먹어요.
나: 그럼 삼계탕을 **먹는 게 어때요**?

## ③ 'ㅅ' 불규칙

▶ 어간이 'ㅅ' 받침으로 끝나는 동사나 형용사는 모음으로 시작하는 어미와 결합할 때 받침 'ㅅ'이 탈락합니다. 'ㅅ' 불규칙 동사에는 '낫다, 짓다, 붓다, 젓다' 등이 있습니다.

詞幹以終聲「ㅅ」結尾的動詞或形容詞，接上以母音開頭的語尾時，終聲「ㅅ」脫落。「ㅅ」不規則動詞有「낫다、짓다、붓다、젓다」等。

| | -습니다/ㅂ니다 | -아요/어요 | -았어요/었어요 | -(으)니까 |
|---|---|---|---|---|
| 낫다 | 낫습니다 | 나아요 | 나았어요 | 나으니까 |
| 짓다 | 짓습니다 | 지어요 | 지었어요 | 지으니까 |
| 붓다 | 붓습니다 | 부어요 | 부었어요 | 부으니까 |
| 젓다 | 젓습니다 | 저어요 | 저었어요 | 저으니까 |

예 감기가 다 **나았어요.**
이 고양이에게 이름을 **지어 주세요.**
커피에 우유를 넣었으니까 잘 **저어서** 드세요.

가: 울었어요? 눈이 많이 **부었네요.**
나: 아니요. 라면을 먹고 자서 **부었어요.**

TIPS

'웃다, 씻다' 등은 규칙 용언이므로 'ㅅ' 불규칙 활용을 하지 않습니다.
「웃다、씻다」等是規則用言，不適用於「ㅅ」不規則變化。

예 하이 씨는 항상 웃어요.
과일을 씻어서 드세요.

## ❹ 動-(으)ㄴ 것 같다

▶ 동사의 어간에 붙어서 여러 상황으로 미루어 과거에 그런 일이 일어났다고 추측함을 나타냅니다.
接在動詞詞幹後面，表示根據各種情況來推測過去該事件的發生。

| | | | |
|---|---|---|---|
| 動 | -은 것 같다 | 먹다 | **먹은 것 같다** |
| | -ㄴ 것 같다 | 자다 | **잔 것 같다** |

* 'ㄹ' 받침의 동사는 'ㄹ'을 탈락시키고 '-ㄴ 것 같다'를 사용합니다.
帶有終聲「ㄹ」的動詞，應將「ㄹ」脫落，使用「-ㄴ 것 같다」。

예 그 책을 전에 **읽은 것 같아요.**
어제 파티에 사람이 많이 **온 것 같아요.**
사람들이 모두 그 소식을 **들은 것 같아요.**
이 케이크는 아야나 씨가 **만든 것 같아요.**

가: 나나 씨가 오늘 기분이 좋아 보이네요.
나: 저도 봤어요. 시험을 잘 **본 것 같아요.**

VERI TAS
LUX MEA